U0026323

好萊塢劇本 標準格式

華納編劇權威 11 堂課，如何把好故事寫成一部成功劇本

克里斯多福・萊利——著

THE HOLLYWOOD STANDARD

e Complete and Authoritative Guide to Script Format and Style

獻給凱西，一個美麗勇敢又善良的女孩，
也獻給瑞秋、彼得、霍普和艾米莉，他們總是令我微笑。

for Kathy, beautiful, brave and good and
for Rachel, Peter, Hope and Emily, who make me smile.

目錄
Contents

好評推薦

- 我會告訴新手劇作家這是必買的第一本書。這是一本不可或缺、實用、淺顯易懂的書，而且使用這本書會帶來很多樂趣。在你開始寫作之前，先去買這本書。

    ——狄恩‧巴塔利（Dean Batali），電視劇作家／《70年代秀》（*That '70s Show*）、《魔法奇兵》（*Buffy the Vampire Slayer*）製作人

- 任何一個想要受到好萊塢重用的劇作家必讀的一本書。難以想像以前居然沒有類似的著作！

    ——伊莉莎白‧史蒂芬（Elizabeth Stephen），電視主席／動畫製作公司、曼德勒影視公司行政副主席

- 如果你的劇本格式錯誤，那你寫的劇本有多好都沒用。《好萊塢專業劇本標準格式》很有可能是最具批判性的書，是任何希望被受重用的劇作家都應該要買的一本書。對於明瞭第一印象威力的劇作家來說，這是一本涵蓋所有劇作書寫形式和風格的指南，是無價的。

    ——馬利‧瓊斯（Marie Jones）書評家，www.absolutewriter.com.

- 克里斯多福‧萊利完成了我想做的事！每年資深製作人都要篩選剔除數百本形式和架構有許多錯誤的劇本，這些錯誤的劇本說明它們的作者都只是業餘的劇作家。如果這些抱持希望的業餘劇作家，可以依循萊利精簡以及正確的劇本寫作建議，他們的劇本看起來就會像是好萊塢最佳專業劇作家的作品。

——芭蓓‧波斯特（Bobette Buster），客座教授／舊金山大學電影藝術學系、國際劇本寫作講師

- 以下是一個殘酷的真相，當我還是研發執行長時，按照《好萊塢劇本標準格式》所寫的劇本都會被挑選出來放在我的桌上，而剩下的都被丟進垃圾桶裡。這就是我為什麼想告訴每一位劇作家以及Act one（劇本寫作專案公司）的執行長都應該去買《好萊塢劇本標準格式》，並且仔細研讀。這本書可以保證每一位劇作家的劇本都會被挑出來放到執行長的桌上。

  ——薇琪‧彼得森（Vicki Peterson），Act one劇本寫作以及專案執行長總監

- 《好萊塢劇本標準格式》是劇本格式最終極的保證。書中完整又簡易的規則，為劇本寫作設下了最真切的劇本寫作標準，加上各種不同的劇本寫作變化格式，能符合每個人的寫作偏好，也涵括了所有的基礎原則。這本書比市面上其他的劇本寫作書籍都來得更具代表性，內容更為詳細。強力推薦！

  ——約翰‧達特（John Dart）以及傑夫史旺森（Jeff Swanson），StoryPros.com

- 坦白說，如果你沒讀過萊利的書，即使你從菲爾德或麥基（編註：Syd Field為享譽全球的編劇、Robert McKee為美國知名劇作教學大師）學到了所有的東西，也對你的寫作毫無任何幫助。因為如果你的劇本讀起來不夠專業，你的劇作就不會有任何專業人士想讀。這是唯一一本我想要放在電腦附近的寫作書籍。當我需要知道如何寫一個來自未來，又有分裂人格的角色時，《好萊塢劇本標準格式》就是我的好幫手。

  ——布萊恩‧戴夫森（Brian Davidson），《CSI犯罪現場調查：邁阿密》（*CSI: Miami*）劇作家兼製作人

- 一本出眾的劇本有兩大主要的要素，分別是很棒的構思以及克里斯多福‧萊利的《好萊塢劇本標準格式》。萊利可以確保你的構想能夠明確並專業地傳達給會買你劇本，以及即將把你的劇本拍成電影的專業人士。

  ——雪莉‧安德森（Sheryl Anderson），《帕克‧路易斯不能輸》（*Parker Lewis Can't Lose*）、《戴夫的世界》（*Dave's World*）、《聖女魔咒》（*Charmed*）以及《飛俠哥頓》（*Flash Gordon*）劇作家及製作人

- 《好萊塢劇本標準格式》對於業餘或專業的劇作家來說是無價之寶。萊利的書清晰簡易地描述劇本寫作格式。我要求所有的劇本寫作學生都要閱讀這本書，在我的書架上，它就和羅伯特‧麥基（Robert McKee）出版的《故事的解剖》（*Story*）以及《巴氏常用引言》（*Bartlett's Familiar Quotations*）放在一起。

  ——湯瑪斯‧帕翰，哲學博士（Thomas Parham, Ph.D），阿蘇薩太平洋大學戲劇電影以及電視製作系教授／《執法悍將》（*JAG*）編劇

- 萊利讓我的劇本寫作教授職涯變得更輕鬆。每當學生提出有關劇本寫作格式的問題，我只需要說，去查《好萊塢劇本標準格式》這本書！問題就解決了。

  ——克里斯‧楊（Kris Young），加利福尼亞大學（UCLA）戲劇電影以及電視學系講師／《青少年天使》（*Teen Angel*）編劇

- 如果要一一詳列專業的好萊塢標準寫作格式，可以列出上千條劇本格式規則。幸運的是，你只需要記住一個規則：拜讀克里斯多福‧萊利的《好萊塢劇本標準格式》就夠了！

  ——奈森‧史考俊斯（Nathan Scoggins），《至少這些》（*The Least of These*）編導

- 這是一本為每一位劇作家設計的工具書——新手業餘作家或是專業作家——這本書提供了劇本寫作的格式，包括劇情片、一小時的電視劇和長篇的電視影集，還有電視電影。萊利的講解將使編劇掌握有關分頁的必要、如何分段和大寫字詞的規則，不需要太過擔心害怕。這本書強大的地方在於它整合了重要的特點（例如標點符號的正確使用方法）以及劇本寫作較為宏觀的方面（例如在一個短句和序列內如何描述所見所聞）。萊利本身也是正金石影業、派拉蒙影業和曼德勒影業的編劇，他提供了第一本標準實用劇本寫作格式的指南書，也是電影編劇會參考的實用工具書。

  ——《出版者週刊》（Publishers Weekly）

- 新媒體可能會改變故事傳達給觀眾的方式，但對於故事書寫的規則（以及格式）從未變更——沒有一本書比你現在手上這本更可以教導你劇本寫作。在《好萊塢劇本標準格式》這本書中，克里斯多福‧萊利整理的劇本寫作規則可說最具權威。

  ——傑克柏‧羅曼（Bobette Buster），新媒體作家／網路劇集ID製作人

推薦序

身為一個資深作家，我寫作的經歷長達整整十五年之久。在這些日子裡，我發現劇本寫作是一件很有趣的事情，因為我們總是無法把劇本寫「對」，這就像是一道有正確答案的數學題，而我們從來沒真正答對過。你也許可以不斷重寫出五到十二個，甚至二十七個草稿，而在最後得到一個「好」答案，但你所能做到最好的程度，就只是答出一個「較好」的答案，卻不是完整又完美的正確解答。

我想是因為劇本寫作一部分是藝術，而有一部分是科學。劇本寫作的藝術部分我總是能很自然地表現出來，例如故事、角色、動作……等，但劇本寫作的科學部分——像是場景轉換、括號內容、場景標題，這些工具全部都是劇作家用來表達他腦袋裡所構想的場景——而這個科學部分我總是無法很自然地寫出來。多年來，我始終不知道該如何使用這些元素。我當然知道它們分別代表的功用，但我不認為自己能夠駕輕就熟地運用這些元素。有時我在腦裡設想一個場景，會同時煩惱「我該怎麼具體表現出這個構思的場景？我該如何寫，才能讓其他人也能看到我腦中所構思的場景？」

當我開始為《震撼教育2》(Training Day 2)寫劇本時，我決定要寫一個準確且兼具藝術與科學性質的劇本。我想要寫出一個能簡單閱讀的劇本，一個能夠簡單清楚地傳達我腦海所構思的電影劇本。我在洛杉磯一家店裡，看到一本書，封面寫著《好萊塢劇本標準格式》。我拿起這本書開始閱讀，它很易讀，內容也很簡單明瞭。

當我開始閱讀這本書的時候，我發現它涵蓋了所有我在寫作時曾經提出過的問題解答，我將它作為寫電影劇本時的參考書。於是當劇本交給工作室後，我獲得了很棒的回應，而這很棒的回應不只來自於我寫作的天分。事實上，更主要是因為我的劇本讀起來很流暢，而且是他們偏好閱讀的劇本格式。這本書協助我成功地表達了我心中的想法。

劇本就像是故事的地圖。如果你沒有寫好劇本，劇本就無法傳達你想說的故事。想像你在寫一首歌，如果不用音符寫成專業音樂家習慣看的樂譜，他們就無法彈出你腦中的那首歌，當你聽到他們彈奏時也不會覺得開心。如果你交給工作室的劇本，不是按照專業的劇本寫作格式，即便劇本有好的構思、好的對白和畫面，他們也不懂你想傳達的意思。

帶著雄心壯志的劇作家，有時候會懷疑為什麼大家不想讀他寫的劇本？有時候問題不在於他們的故事，而是因為寫作的格式影響到閱讀。劇本無法通過一系列的專業審核，通常是因為劇本不易閱讀。我想並非每個人都能自然而然地注意到劇本寫作格式的細節，所以劇作家必須學習劇本寫作的格式。要寫劇本，你必須學習科學，我向自己在洛杉磯大學的學生們，都推薦了這本既簡單又能完整教你如何使用科學方式寫作的書，這本書解決了我所有的疑難雜症。我在書上做了很多密密麻麻的筆記，並且每天都會翻看，我還把它放在電腦的旁邊，就像我雇用了一位很能幹的助理一樣。

我剛才是不是說我買了一本？事實上，我買了兩本。一本放在電腦旁邊，另外一本放在我的公事包裡，隨時隨地帶在身邊。

但我後來發現其實自己需要的是三本。因為我都會把公事包裡的那本送給我喜歡的人，送給具創造性、聰明又熱血的劇作家。我送給他們是因為學習劇本寫作的藝術與科學需要花時間，甚至有可能需要花上幾年。而這本書將對他們有所幫助，於是我會把公事包裡的書送給需要的人，然後自己再去買另外一本。

在這個行業裡你會領悟到幾件你必須銘記在心的法則。我有兩件，第一件是最終草稿一定要留下副本，而另一件是擁有《好萊塢劇本標準格式》，千真萬確。

安渥・費雪（Antwone Fisher）

▌導讀

為何出版第二版？

自從2005年我出版了第一版的《好萊塢劇本標準格式》後，電影及電視劇作家在寫作時，手邊幾乎都以這本書作為參考指標。許多專業的劇作家或是那些雄心勃勃希望成為專業劇作家的人，都告訴我他們每天都會參考到這本書的內容。這本書對他們來說，已經成為一本有用，甚至是不可或缺的工具書。我為此深感榮幸。

第二版的出版，則是源自於想要讓這本書內容更為完善的期望。

首要的重大改變是尺寸，麥克・威斯（Michael Wiese）是我原來的出版商，他們建議我這本書如果改用8.5×11英吋來印刷應該會更好，這樣書裡的一些範本頁面就會和真實劇本的頁面寬度一樣。讀者也可以更容易使用這些範本寫下劇本，並得以確認頁面邊緣留白的準確性。我認為這是一個好主意。另外，我們也使用了特殊的 lay flat 裝訂，讓讀者在他們寫作時能很輕鬆地使用本書。（編註：此處指美版情況，台版因考慮讀者閱讀習慣和便利性，教學部分內容採用更適合翻閱的尺寸印製，書末附錄的劇本範例，則另外製作成和美版相同尺寸規格的別冊，方便讀者參考使用。）

下一個改變，是我在書的開頭增添了一系列的新章節，讓大家能夠更快地進入狀態。這本書的前面有個「快速閱讀指南」，這是開啟《好萊塢劇本標準格式》的基礎概述。這個設計是為了讓讀者能很快地找到專業劇本寫作格式的重點內容。接下來，有一個章節的主題是「避免犯下多種致命的格式錯誤」，希望能幫助編劇更正確地使用格式。針對讀者提出的諸多問題，我除了加入「代售劇本」以及「製作草稿」之間差異的專文討論，也在許多章節的最後加入了Q&A的單元。

之後，在看了許多學生寫出的作品後，我還了解到鼓勵編劇去仔細校對的必要性，否則他們的創造力、對專業劇本格式的注重，以及其他一百萬個細節，都會因為一連串的錯字而被讀者全數忽略。問題在於，有效的校對做起來比聽上去難多了，基於這個原因，我加入了一個新的章節，提供一些如何做好校對的建議。

最後，因為劇本格式是一個不斷隨時代更新演進的規則，我也針對許多新的敘事方式，增加了相對應的格式說明，例如當劇情需要表現電子郵件往返的內容時，或是來電人物顯示、即時通訊內容，以及聊天軟體的對白等等。

是什麼讓我懂得劇本的寫作格式？

這是一個好問題。出版劇本格式的寫作指南，並稱之為「標準」、「完整」，和「權威」，需要某種程度的無所畏懼，為此也的確引發了一些批評指教。標準是依據誰的標準？如何讓完整成為完整？以及誰的權威可被稱為最具權威代表性？

我和你們一樣，也是個作家，所以請讓我用說故事的方式，來為你們解答疑問。

很久很久以前，在影集《急診室的春天》（ER）第一季推出之前，我到好萊塢嘗試當編劇。在到好萊塢不久之後，我獲得了一份在華納兄弟電影公司劇本校對的工作，在一個稱為劇本處理的部門裡任職，這個部門基本上是一個全年無休的劇本工廠。這十四年來，我得以和一群經驗豐富的老手一起並肩工作，他們都是從芭芭拉工作坊（Barbara's Place，一間已成好萊塢傳奇的劇本工作室）被挖角過來的。我在這個地方學習並套用標準的劇本寫作格式規則於上千部劇本裡。最後，我也讓這個部門變成了具有歷史意義的編劇工作室，成為業界在劇本格式上的領頭羊。我寫了一個劇本寫作軟體，工作室用這個軟體寫出無數的劇本，許多外來的客戶包括像是安培林（Amblin）、迪士尼（Disney）、哥倫比亞（Columbia）、環球（Universal）、NBC國家廣播公司（NBC Productions）、威爾希爾法庭製作公司（Wilshire Court Productions，2003年關閉），以及其他更多的電影製作公司，都以此軟體作為劇本格式的最終仲裁標準。因此可以說，比起其他在好萊塢工作的人，我稱得上是最了解劇本格式的。

我找到自己的出路，進入了劇本寫作的職業生涯，而這個職業引領我到達了好萊塢的首要位置。我和我的妻子同時也是工作夥伴凱西，在柏林的首部電影發布會走過紅毯。我為正金石（Touchstone）、派拉蒙（Paramount）、曼德勒（Mandalay）和音特米蒂雅（Intermedia）製片公司寫過許多部電影劇本。我成為一名成功的劇本寫作導師，而我也察覺許多編劇都極需要一個值得信賴、方便套用的劇本格式指南書。

我一開始寫《好萊塢標準劇本寫作》單純是為了要滿足這項需求。原先計畫是根據我在華納兄弟電影製作公司的工作經驗，提供一本劇本寫作指南書，目的是希望編劇都能以此作為參考，並且希望這本書的內容能富有清晰、簡要、完整的寫作格式指導，同時提供上百個範例來解決讓編劇困惑、浪費他們時間以及奪取他們自信心的各種劇本寫作情境。

「但我不需要一本書，我直接使用劇本程式寫稿」

要使用劇本寫作軟體Movie Magic Screenwriter、Final Draft，還是Scriptware，或是Celtx，還是市面上任一種超級實用又省時的寫作程式軟體？編劇還需要什麼？

首先要知道的是，劇本標準格式的涵蓋範圍，絕對不只有頁邊留白的設定而已，它還包括了何時要加場景標題、何時又必須將之省去，以及如何跳脫出主觀鏡頭（POV shot）、如何設置蒙太奇（montage）等等。另外也包括了什麼字詞應該大寫、電影節奏該如何控制、括號內的角色括號指令又該寫些什麼，還有那些在對白旁邊自動出現的「（cont'd）（續）」符號應該開啟或是關閉？沒有一個劇本寫作軟體的設計能完全解決這些問題。也因此，有太多編劇以為自己交出了具備標準格式的專業作品，但事實上這些劇本卻常常被認為是出自業餘劇作家之手。

風扇測試

許多新手，甚至是專業編劇寫的劇本從未被仔細的拜讀，原因是他們未能通過風扇測試。超時工作的審稿者、工作室執行長、代理業務，以及製片

商會挑起一本劇本，先翻到最後一頁，再如同風扇吹過般快速往前翻，什麼內容都不看，而只檢查劇本頁面的具體編排格式。他們第一眼看到的劇本格式，就是他們對你珍貴劇本的第一印象，有時則是最終印象。而這本指南書將告訴你該知道的細節，讓你的劇本通過風扇測試。

但這不是全部

風扇測試不是唯一一個身為正規編劇需要熟練標準好萊塢劇本寫作格式的原因。馬克・吐溫曾開玩笑說：「如果有人只想得到用一種方式拼一個單字，很明顯這代表他缺乏想像力。」為了相同的理由，我們需要字典、標準的拼字和標準的寫作格式。不是因為我們無法想到多種方法來將我們腦中的場景寫成文字，而是因為我們想得太多。

事實上當今好萊塢已存在著標準的劇本格式，我們不需要特別專精於此，但如果我們只是仰賴自身的想像，一定會讓自己難堪，或是讓自己顯得無知及不專業，我們會因為劇本寫得不清楚而讓讀者感到困惑，或是必須浪費時間重新架構已存在的標準劇本寫作格式。懂得標準的劇本寫作格式會讓編劇感到信心滿滿，因為他們已排除寫作格式的障礙，而能自由地構想更有趣的點子，好比劇中的角色以及故事。

標準劇本格式從何而來

早在1920年代，具開發精神的好萊塢電影工作者就開始著手標準化劇本格式。翻看默劇時代的劇本，你會發現現在劇本頁面的編排基礎是從何而來。接著，劇本格式隨著電影演化多了聲音和對白內容。在電視誕生後，

劇本格式又進化了，儘管如此，與一開始相比，好萊塢劇本頁面格式的改變幅度，其實並不算太大。

1960到1970年代間，在第一台個人電腦以及劇本寫作軟體問世之前，電影劇本和電視劇本都是由工作室裡幾個大的油印品印刷部門，或一些分散在好萊塢四周的專門劇本寫作室所製作。其中最重要的劇本工作室是芭芭拉工作坊，這裡是傳奇劇本的製作中心，產出過上千本劇本，而芭芭拉工作坊裡的打字和校稿人員，也因此成為最重要的「標準劇本格式」守護者。

1980年代早期，劇本的標準格式責任落在了華納兄弟電影公司身上。身為廣受好評的劇本製作部門，許多芭芭拉工作坊的忠實工作者，都帶著他們對好萊塢劇本行業的專業知識轉戰於此，這裡提供了當時最先進的電腦科技，如露營車大小的雷射印表機，全天候不停歇地產出大量劇本，許多電視影集的劇本，就是這樣以每秒三頁的驚人速度不斷印製出來。如《飆風天王》（*The Dukes of Hazzard*）、《鑽石女郎》（*Designing women*）、《風塵女郎》（*Murphy Brown*）和《急診室的春天》，還有電影像是《致命武器》（*Lethal Weapon*）、《蝙蝠俠》（*Batman*）、《阿甘正傳》（*Forrest Gump*）、《雨人》（*Rain Man*）、《殺無赦》（*Unforgiven*）、《奪寶大作戰》（*Three Kings*）、《龍捲風》（*twister*）……等。

我在1983年進入華納兄弟電影公司工作，一開始是新手劇本校稿者。我在這間公司待了十四年。在我任職於華納兄弟電影公司的期間，我很榮幸從芭芭拉工作坊的一群老手中學到劇本格式寫作的奧秘，他們的名字分別是：勒斯‧米勒（Les Miller）、提姆‧阿福爾斯（Tim Alfors）、弗兒‧海

德吉斯（Vern Hedges）、凱瑟琳・海他拉（Kathleen Hitala）以及高登・巴克萊（Gordon Barclay）。我們連同工作室裡的專業劇本打字員及主管，一起將所學的知識應用於至少上千本劇本的寫作與校稿上，我們不只為華納兄弟電影公司服務，基本上也為好萊塢每一個工作室提供相關服務。

我在華納兄弟電影製片公司所學到的知識，無論是作為作家還是劇本導師都很有用。這些知識是我首先最想放入這本書中的，膽敢號稱這本書為最全面、最具權威性的劇本寫作指南書，不是我在老王賣瓜，而是這本書集結了那些曾經教過我的人──他們最無懈可擊的珍貴資產。

「好萊塢標準格式」是唯一的劇本寫作方式嗎？

當然不是。在好萊塢長期任職的優秀編劇，可能會發現這本書仍然有一些可以吹毛求疵的地方。那也沒關係，這本書的目的不在於挑起唇槍舌戰，譴責其他寫作方式，或是為業餘劇作家設立寫作限制，這本書的意圖在於提供編劇一套歷久彌新的指南手冊，為他們提供劇本的寫作格式，讓他們的劇本讀起來條理清晰、好讀又專業。

使用這本書

《好萊塢劇本標準格式》是一本指南書，每一位編劇，無論新手老手，都會想要隨時參考這本指南書。本書宗旨在於作為參考素材，一開始的目錄列表可供讀者容易、快速地找到想要的內容。你也可以透過「快速閱讀指南」，在一個小時內快速瀏覽，並學習劇本寫作格式的基本知識。當你處於寫作陣痛期時，想要查閱如何建立主觀鏡頭或是想要檢視手持拍攝方向

的一些細節，只要花個幾秒鐘的時間，就能找到相關的指南規則和範例。

《好萊塢劇本標準格式》沒有探討故事結構、角色發展或是對白內容。這本書想說的內容是劇本寫作的格式與風格，那些只出現在劇本頁面而不是螢幕上的劇本構成元素。格式必須標準化，而風格則可以依據個人特色，變化多端。

透過這本工具書，你會找到電影劇本標準寫作格式的法則。你也能依據這些法則，去創造出專屬於你自己的獨特、專業、有趣的劇本寫作風格。

要寫出一個好劇本，是我所遭遇過最困難、要付出最多努力的一件事，如果你仍想挑戰，我希望這本書能對你有所幫助。

▌快速閱讀指南

一名電影和電視編劇新手需要具備哪些知識才能開始寫作，並讓他們的劇本看起來像是出自專業劇作家之手？

不多不少，正好十件事。

以下是十件事的簡單介紹，每一個主題都會在後面的章節再詳細解說。

第一件事：使用正確的字型

使用 Courier 字型（等寬粗襯線字體，依打字機打印出來的字型所設計）、Courier New 字型（為 Courier 字型的變形）或是 Courier Final Draft 字型。

> Courier 字型看起來像是這樣。沒有使用 Courier 字型，劇本頁面看起來就不像正規劇本，而且註定會變成可回收垃圾，成為星巴克的咖啡杯，嚴謹的編劇會一邊品嘗著咖啡，一邊用 Courier 字型打稿。

使用 12 點字級大小，不要偷懶。那些盯著劇本內容為生的人會發現字體大小是否沒用對，然後把你的劇本變成咖啡杯。

想要知道為何選擇 12 點的 Courier 字型，請查閱後面章節「單鏡拍攝寫作格式的頁邊留白與字體」。

第二件事：使用正確的頁邊留白

劇本頁邊留白格式主要有兩種，那些較短的台詞要放在頁面的正中間（置中對齊），還有其它的對白也是。以下範例展示一般典型劇本頁面會出現的兩種頁邊留白格式：

INT. 警督辦公室

新上司是一名外型如火車貨櫃般的男子，名叫考菲。他正在整理行李。可以看到一大堆的高爾夫球用具。他抬頭看著威爾與巴比進場。威爾很有交際手腕，他向考菲伸出一隻手，巴比在一旁不屑一顧。

威爾
我是賽普森警探，這是我的夥伴洛卡斯警探。
歡迎來到南區，警督。我聽到一些好消息。

考菲警督與威爾握手，但他的目光卻停留在巴比身上。

考菲警督
洛卡斯警探。我聽說過你的一些事蹟。

巴比
有關什麼的？

考菲警督
你是這個部門裡最聰明的警探。

巴比
部門裡最聰明的警探。我喜歡這個說法。

他拉開皮革的高爾夫球袋，拿出 5 號鐵桿。

考菲警督
你一定是個難搞的人。

巴比現在和考菲警督四目相對。

巴比
沒錯。這就是所謂的一個蘿蔔一個坑。

切換至：

注意到台詞裡頭角色的名字都需縮排，還有在短場景結束時轉場的「切換至」（CUT TO）是打在頁面的最右側。每個元素的精確頁邊留白，都可以在「單鏡拍攝寫作格式的頁邊留白與字體」這個章節中找到詳細說明。

寫劇本代表得調動頁邊留白多達上百次，所以編劇需要用有效率的方式完成頁邊留白的移動。這便是劇本寫作軟體能派上用場的地方，像是Final Draft、Movie Magic Screenwriter，你也可以用Celtx或Microsoft Word。有了這些軟體作為解決方案，編劇只需要敲幾下鍵盤便能套用正確的頁邊留白格式。如何選擇一個符合你預算以及風格的的軟體，在章節「發揮劇本寫作軟體的力量」裡有詳細的解說。

第三件事：使用正確的紙張、封面和雙腳釘

規則如下：不要太過創新，遵守基本原則。

• 以紙張來說，使用普通紙張，大小為8.5×11英吋（約21.59×27.94公分）的白色三孔活頁紙，文具用品店都有販售，約五塊美金就能買到。

• 用兩個銅製的雙腳釘裝訂劇本（#五號銅製圓頭扣釘，由ACCO製造的

裝訂起來最漂亮），一個雙腳釘放在最上面的洞，另一個放在最下面的洞，讓中間的洞保持空心。對於許多好萊塢的劇本審閱者來說，在中間的洞放雙腳釘是一個嚴重的冒犯行為。沒在開玩笑的。

- 封面是不需要的。如果劇本是由代理公司送交，代理商在把劇本交給買家之前，會放上他們自己的封面。工作室以及電影製片公司也會在他們的劇本上放上自己公司的封面。除此之外，一般送交劇本不需要封面，或是只需要用一張60磅的白紙或任何顏色的卡紙做成封面。

不要用線圈活頁夾（資料孔夾）裝訂劇本。不要將劇本放入資料袋或是用三孔夾裝訂。不要在劇本封面上放圖片。不要將預算、草稿、照片或是建議的演員卡司放進劇本中。這些舉動都會導致劇本最後變成星巴克的杯子，保持簡單的劇本樣式，讓劇本自己說話。

第四件事：在正確的地方放置場景標題

電影和電視劇本都會在每一個場景的開頭放置標題，標示場景的位置及發生的時間。有時這些標題還包含了其他的訊息，像是鏡頭的類型，或是用符號標示這個場景的發生要用慢動作，或是在水中、在雨中，甚至是用倒敘（flashback）或夢境場景（dream sequence）。他們有多種不同的名稱，像是拍攝標題（shot headings）、場景標題（scene headings or slug lines）。通常看起來像這樣：

> EXT. 火星隕石坑 — 白天

> INT. 路邊快餐店 — 女廁 — 白天

CLOSE SHOT — 破碎的瓶子上有大拇指印

FLASHBACK — 醫院療養中心

※ 編註：EXT.為exterior的縮寫，代表此處是室外場景。INT.為interior的縮寫，代表室內場景。CLOSE SHOT為特寫。FLASHBACK為倒敘場景。場景標題有多種變化，也占據了這本書最長的一個章節，它的功能主要是用來詳細解釋主題。

但有些編劇用了太多場景標題，導致劇本多了很多不必要的技術用語，頁面因此看起來雜亂，不但阻礙了他們講故事，也給人一種他們試圖自導電影、頤指氣使的印象。有些編劇則是用了太少的場景標題，讓劇本讀起來像是舞台劇，只有一個場景且畫面無限停滯的感覺。

一般來說，雖然要盡可能少用場景標題，但場景標題依舊是必要的。我們可依據三個基本原則，來判定什麼時候需要加入場景標題。

規則一：一變換場景就需要一個新的場景標題。

假設在一個農舍裡有兩個逃犯正在對白，場景標題就要寫成：「INT. 農舍 — 白天」。如果兩個逃犯走到外面，例如農舍前方的門廊，這時就需要一個新的場景標題來描述在農舍外的動作：「EXT. 農舍 — 前方門廊 — 白天」。

或是我們用動作說明場景從「INT. 農舍 — 房間」移動到「INT. 農舍 — 廚房」。再一次，這邊一樣需要增添一個新的場景標題。

當然這個規則也適用於位置劇烈地移轉時，例如從「INT. 殘壞的阿波羅 13 指揮艙」到「INT. 休士頓控制中心」。

規則二：當時間改變，就需要一個新的場景標題。

即使場景沒有變更，仍需堅守這項規則。看以下的範例：

INT. 圖書館 — 午夜

席薇亞坐在沾滿灰塵的書前，強迫自己繼續閱讀這本書，她的眼皮變得越來越重。

她翻了下一頁。這頁是第 732 頁，還有 906 頁要讀。

她的眼睛闔上了。她的頭低下來了。她搖晃自己的身體，試圖保持清醒。

席薇亞
我還可以。我是清醒的。

切換至：

INT. 圖書館 — 清晨

陽光充斥整個房間。席薇亞的臉埋在書裡，因為鼻塞，她的打呼聲像隻海象。

規則三：當需要邏輯順序時，就要增添新的場景標題。

以下的例子會幫助你了解該規則。讓我們舉一齣浪漫喜劇中的一個場景作為例子，該場景位在女主角教書的學校，在教室裡，場景開始於：

INT. 蘿斯的幼稚園教室裡 ── 白天

外面下著大雨。蘿斯站在教室門口，幫學生摺好滴水的雨傘，並幫學生脫掉小腳上的的雨鞋。

她沒注意到艾莉絲特正在教室前面玩著玻璃生態瓶的蓋子，艾莉絲特將蓋子放在自己頭頂上轉著，蓋子就像直升機旋翼在頭上旋轉。

蘿斯摺完雨傘，正可能轉身及時發現艾莉絲特旋轉蓋子的當下，教室的門突然被風吹開，雨水打進教室。她將門關緊，手忙腳亂地用門閂將門鎖上，而無暇顧及艾莉絲特，或：

生態瓶（TERRARIUM）

狼蛛爬到瓶口的邊緣，牠如芭蕾舞者般搖搖晃晃地踮步前進，然後掉進了蘿斯未關上的皮包裡。

現在我們想要把畫面拉回到蘿斯，來看她的下一個動作，但如果沒有在一開始插入新的場景標題，我們便無法直接回到她的部分，因為蘿斯並沒有出現在這個玻璃生態瓶的場景中。就這個情況而言，依邏輯順序會需要一個新的場景標題，像是「INT. 教室」、「蘿斯」或「回到場景」（BACK TO SCENE），寫法應該如下：

回到場景（BACK TO SCENE）

蘿斯最終把門關上然後轉身走到教室的前方。

艾莉絲特已經放回了玻璃生態瓶的蓋子，開始將自己的手指浸泡在魚缸裡。

蘿斯趕她回到自己的座位上。

相當的情況也發生在主觀鏡頭（POV shot）或是其他敘事鏡頭需要集中時，例如要特寫某個場景，或是編劇想要將觀眾的視角限制在大場景中的某一小部分時，都需要加上相對應的場景標題。之後，為了讓畫面從被限制的視角中脫離出來，則必須再使用新的場景標題。

注意你所描寫場景的視覺邏輯。當需要釐清順序時，就要增添場景標題，但記住：越簡單越好。唯有在你具備一個富說服力的理由必須這樣敘述故事，才增添場景標題。對於該主題更多的細節討論，可查看章節「如何決定何時要寫新的場景標題」。

第五件事：將場景標題的內容按正確順序寫出

場景標題可以是一特定影像的簡短描述，例如：

　　　　蟲子（BUG）

另一方面來說，場景標題也可以包含許多複雜的訊息，儘管有時候會看上去過於冗長繁複。

DREAM SEQUENCE - INT. MOUNT WEATHER PRESIDENTIAL BUNKER - SITUATION ROOM - CLOSE SHOT - COMPUTER SCREEN - DAY (SEPTEMBER 11, 2001) (GRAINY VIDEO FOOTAGE)

夢境場景 ─ INT. 維吉尼亞州韋瑟山總統緊急庇護所 ─ 戰略室 ─ 特寫 ─ 電腦螢幕 ─ 白天（2011年，9月11號）（模糊不清的影像）

通用的規則如下：越簡單越好。只需包含重要的訊息。場景標題只能寫到第二行，說明最多寫到三行。

如同以上的例子，場景標題幾乎不會寫到三行。除非第三行是為了解釋標題內容，但看起來就會像動物園裡的大蟒蛇一樣蜿蜒。

場景標題可以包含五種不同的訊息，也可能只含括一則訊息，像是上面舉例的「蟲子」。我們可以按照下列的順序，安排必須涵蓋的訊息：

1. **INT. 或是EXT.** ，以此來指出場景是在棚內或是戶外地點拍攝。

2. **場景本身的名字**，像是總統的庇護所、農場或電子粒子的表面。場景可以包含多個部分（例如維吉尼亞州韋瑟山總統緊急庇護所 ─ 戰略室）並且這些部分都將會從一般資訊變成特定資訊。寫上 INT. 或 EXT.，用場所來設置室內或是戶外，然後你會看到如下的寫法：

   > EXT. 中學足球場

   > INT. 閣樓

   > EXT. 蘿斯保齡球館 ─ 停車場

3. **拍攝種類**，像是極特寫（EXTREME CLOSEUP）或主觀鏡頭（POV SHOT）。必要時才需使用特定的鏡頭。

4. **鏡頭的主題**，可以獨立存在：

   > 蘿絲（ROSIE）

或者鏡頭也可以結合場地：

INT. 導彈地下發射井 ─ 馬克IV導彈

或是也可以結合不同的拍攝鏡頭：

EXTREME CLOSEUP ─ 吉納特的眼球

5. **時間**，最簡單也最常見的指定詞彙為白天（DAY）和夜晚（NIGHT）。
　　更豐富或更特定的描述也很常見，例如：午夜（MIDNIGHT）、日落
　　（SUNSET）或凌晨三點（3 AM）：

INT. 屋外 ─ 白天

EXT. 白宮 ─ 溫室 ─ 夜晚

INT. 藍調之屋 ─ 中午

場景標題必須全部大寫，不需要打標點符號。除了「EXT.」以及「INT.」
後面需要加縮寫點，所有其他的內容都以連字號來區別，通常名詞前後都
會再空一格，如同以上的例子。

之後在「場景標題」一章還可以了解更多關於場景標題的說明。

第六件事：在指示內容中使用大寫字的三大正當理由

劇本使用指示內容來介紹角色，描述設定、動作、聲音以及攝影機的移動

方向和控制節奏。因為劇本不單只供閱讀，同時也是上百位電影製作專業人員的技術文件，他們會用劇本來拍攝電影或是電視劇集，所以當某些不同類型的資訊出現時，一般都會以全大寫文字表示。

當資訊出現在指示內容中，以下的三種訊息必須大寫：

1. 介紹正在說話的角色。第一次在螢幕上說話的角色，該角色的名字需大寫：

> 電梯的門開了，喬瑟夫馬丁（JOSEPH MARTIN）跳出電梯門外。馬丁（Martin）約四十多歲，身穿沾滿草漬的匹滋堡鋼人隊球衣，戴著便宜的眼鏡，上面纏滿了銀色防潮膠帶以防斷裂。一個活脫脫的怪人。

2. 音效以及畫外音。製造出音效的東西以及聲音效果均需大寫：

> 當馬丁試圖發動這個電動裝置，它就會發出咆嘯聲。在一陣大有可為的劈啪聲後，引擎發出了喘氣聲並宣告掛點，因為某種原因，馬丁對這個意想不到的發展感到欣喜不已，他將自製的發令槍高舉過頭，然後開了兩槍。
>
> The MOTORIZED CONTRAPTION GROWLS as Martin tries to start it. After a promising SPUTTER, the ENGINE WHEEZES and DIES. Delighted for some reason by this turn of events, Martin produces a STARTER'S PISTOL, raises it over his head and FIRES TWICE.
>
> 在看不見的某處，孩子哭了，土狼嚎叫，電話響了。
>
> From somewhere unseen, a CHILD CRIES, a COYOTE HOWLS and a PHONE RINGS.

3. 攝影機拍攝方向。攝影機（CAMERA）這個字本身就需要大寫，還有任何描述拍攝動作的動詞以及連接這個動作的介係詞均需大寫。

> 普瑞斯跨過熔岩河，並為了生存不停地奔跑，攝影機跟著（CAMERA MOVING WITH）他穿過許多蜿蜒昏暗的通道持續移動。

將之整合，你會寫出像以下的句子：

> 天際 ── 薄暮
>
> 攝影鏡頭懸浮並盤旋著。接著畫面向下，昏暗的大地正被濃霧所籠罩著。唯獨紅色的金門大橋從霧氣中脫穎而出，而城市的其他部分則被完全掩蓋。
>
> 攝影鏡頭持續向下、向下、向下沉至：
>
> 霧中 ── 老牧師
>
> 匆忙地穿過停車場走向漢堡王。他又高又瘦，就像個稻草人，或者也可說是現代版的甘道夫。他的名字是菲納斯‧蓋茲。他手裡抓著一綑報紙。一陣風吹來。
>
> HIGH ABOVE WORLD - DUSK
>
> The CAMERA HOVERS, BROODING. Down below, the dark earth is shrouded in heavy fog. The red towers of the Golden Gate Bridge rise above the murk. The rest of the city lies hidden.
>
> The CAMERA SINKS DOWN, DOWN, DOWN, INTO:
>
> FOG - OLD PRIEST

```
hurries across a parking lot toward a Burger
King. He's tall and thin like a scarecrow. Or
a modern-day Gandalf.His name is PHINEAS GAGE.
He grips a folded newspaper. A WIND is
BLOWING.
```

關於這部分，將會在章節「指示內容中的大寫」裡有更詳細的內容。

第七件事：在整個對白當中，角色名字必須一致

當角色在說台詞時，該角色的名字要標記在他的每一段台詞上，例如：

伯蒂
我無法停止說謊！對彼得誠實吧！

別犯下這樣的錯誤：不要在一段台詞裡叫角色「伯蒂」，又在其他對白裡叫同一個角色「艾柏塔」或是「法蘭克的女兒」。讀者、拍攝的導演以及演員會停止閱讀，開始搔頭思考這些名字是否都在指同一個角色，或是否有其他角色在這段對白被提起。為了清晰明瞭，在整個劇本中你所寫的角色名字都需一致。

關於這部分，會在章節「對白上方的角色名字」有更詳細的內容。

第八件事：控制角色括號指令

編劇有時候需要提供有關台詞如何表達的指令，或是在說台詞時需要演員有什麼樣的表情或動作。這些訊息可以出現在角色括號指令中：

電話響了。波比接起電話。

波比

我是波比。
　　（聆聽）
我會在那和你碰面。

想要展現專業劇本格式，可以遵守如下的規則：

- 盡量減少角色括號指令。大多數的台詞其實都沒有額外指示內容。
- 不需要描述地過度明顯。如果台詞中有明顯表現角色很憤怒的文句，就不需要添加如「（憤怒地）」這種角色括號指令。
- 確認角色括號指令只和說話的角色有關。
- 縮排角色括號指令。
- 角色括號指令需以小寫開頭，省略「他」或「她」。
- 不需要在角色括號指令後加句號。
- 不要用角色括號指令來結束對白。
- 盡可能簡潔。四句就太長了。

關於這部分，會在章節「角色括號指令」有更詳細的內容。

第九件事：盡可能說得簡短簡潔

威廉・史壯克（William Strunk）以及E. B. 懷特（E. B. White），在他們經典的《風格的要素》（The Elements of Style）一書中，央求寫作者要「省去不必要的詞彙」。在電影劇本寫作中，這段守則如今顯得尤其重要。審

稿者每個周末都要費力地帶著一大疊劇本回家，他們沒有耐心閱讀充滿贅字的段落。因此，場景設定必須使用簡短且生動強烈的字眼來描述，角色介紹只能用一句簡明扼要的話囊括，動作指示則必須控制在最極端精簡的文字裡，以下是反例：

INT. BMW展示間

閃亮耀眼、性感又設計複雜，原本用於輪胎鋼圈上的巴伐利亞鋼材裝飾了整個BMW展示間。充滿野心的業務員，在此賣車給自視甚高的上流階層客戶。不過現在，所有的人顯然都一時忘記了自己是誰—這倒是很罕見的情形—大家的焦點都放在一位大出洋相的女性上。她的名字叫瑪莎洛克斯。

她有四十歲以上，但沒超過五十歲，外表看起來卻比實際年齡還老一些。她身上的套裝過時老氣，臉上的妝化得很糟糕，甚至還穿著浴室的拖鞋。

應該如以下寫法：

INT. BMW展示間

展示間充滿著耀眼的巴伐利亞鋼材。業務員和上流階級客戶的視線都集中在五十多歲的瑪莎洛可斯身上，她歷經滄桑，妝容邋遢，穿著過時的套裝和浴室拖鞋。
All that sexy Bavarian steel. Salesmen and upscale customers focus on MARTHA LOAKES, 50s, weathered, wearing a dated suit, bad makeup and bathroom slippers.

每一個字都能逐步地揭示角色，並以簡潔有力的精簡詞句解開謎題。

第十件事：在對的地方分頁

最終草稿雖然可以用寫作軟體Movie Magic Screenwriter和Celtx來完成。不過，編劇最後仍必須負責確認以下這些合乎情理且由來已久的慣常用法。

如果情況允許，儘可能在指示內容或是對白告一段落處分頁。

瑪莎

我試圖打給你爸，但我找不到他在哪。

波比

妳去過公墓嗎？

-- 分頁 --

實話過於沉重。瑪莎吼道：

瑪莎

<u>拿不到我的車我絕不離開</u>。

每個人都盯著她看。波比回瞪瑪莎，試圖擊倒她的自信。

波比

這個人有心理疾病。妳夠了吧？

如果指示內容或是對白的段落太長，一頁寫不完的話，就跳到下一頁。然而如果把整個段落或是對白移到下一頁，會顯得原來頁面的內容太少，如果指示內容或是對白必須分頁，請依照以下的規則來寫：

要分開對白或是指示內容時，通常要在句末分頁而不是句中。

INT. 寶馬展示間

展示間充滿著耀眼的巴伐利亞鋼材。

---------------------------------- 分頁 ----------------------------------

業務員和上流階級客戶的視線都集中在五十多歲的瑪莎洛可斯身上，她歷經滄桑，妝容邋遢，穿著過時的套裝和浴室拖鞋。

當同一段對白必須分開時，在頁面底端加上「（更多）」（MORE），並在下一頁的頂端再放一次角色名字，並在旁邊標註「（續）」（CONT'D）。另外，分頁必須設定在角色括號指令之前，而非之後。

威爾

在潘姆性命垂危的那個夏天，我甚至沒辦法
保持理智來維繫自己的生活。波比，你那時
罩過我。去他的，有時候我覺得你到現在也
一直在罩我。

（更多）

---------------------------------- 分頁 ----------------------------------

威爾（續）

（停頓）

現在輪到我了。這次讓我一起分擔。我們會
找到答案的。

也不要在場景標題後立即分頁。反之，應該把場景標題帶到下一頁。

不要在轉場之前分頁，像是「切換至：」，反之，應該在場景連續時，把轉場的部分寫在同一頁。

對於分頁的仔細指示說明，詳見以下章節內容：

- 在場景標題後分頁
- 在指示內容中分頁
- 在對白中分頁
- 在轉場時分頁
- 中場休息

現在可以開始寫劇本了。在寫劇本時有疑問時，隨時使用本書前面的目錄，找到更詳細的資訊以及範例說明。接著，為了快速學會劇本寫作的基本理論，請開始閱讀下一章節「避免犯下多種致命的寫作格式錯誤」。

避免犯下多種致命的格式錯誤

我們總認為自己創意十足，但身為一個劇作家卻總是會反覆犯下新手才會犯的錯誤。以下是一些常見及明顯的錯誤，這些錯誤會導致劇本被直接送往廢紙回收廠。

致命錯誤一：在標題頁使用可愛的圖片和字體

讓劇本充滿吸睛效果很棒。把頭髮花白又一身毛皮的老獵人和他三隻腳的小狗合照放在劇本標題頁，看起來一定棒透了！更別提劇本標題使用了36點（point）大小的大腳怪字體（Sasquatch），最後再用加了毛皮特效的彩色墨水列印！

以上，請絕對別這麼做。

盡可能讓標題頁看起來簡潔。劇名、作者名字和聯絡訊息，全部都用12點的Courier字體，且採黑白印刷。

要成功賣出劇本無法只靠標題頁。但糟糕的標題頁可能會對劇本帶來毀滅性的第一印象。

關於這部分，會在章節「標題頁」有更詳細的內容。

致命錯誤二：交出褪色的影本或滿是皺摺的紙張

不要交出因為墨水不足而列印得模糊不清的劇本，或是紙頁被昨晚微波食物醬汁弄髒的劇本，這些都將導致你的創作心血付諸流水。

致命錯誤三：你以為可以蒙騙過關的頁邊留白

電影工作者對於頁邊留白非常重視。

非常。

如果可以的話，我們喜歡在頁面塞下所有想要加入的文字。過多的描述、太長的句子、另一段老獵人與他的狗之間的對白。每個作家都會面臨文字過於繁複冗長的問題。

當我們的文字過多時，解決方案不是在頁邊留白上投機取巧，而是要刪減文字。這很痛苦，但你是個作家，要堅強地刪減。

當我們拒絕刪減，在頁面塞下太多文字時，壞事就發生了。每頁內容都顯得太多，閱讀劇本變得很繁雜。讀者會註記、翻頁、跳著讀，或略過不讀。

所以別投機取巧。

致命錯誤四：忽略搜尋與除錯

想像打開一本劇本並在開頭讀到這樣「厲害」的句子：

費德旅管：

女性的守

握著一隻黑色的鐵器。一支專業可拆解式的格洛克九豪米手槍。
扣下版機。扣下。扣。下

槍枝的組件展現惹這名女子的自富。她的雙手快速地青除槍枝的
每一個組件。纖細的手紙，細滑的皮膚。

槍枝很快地組和起來。喀、客、喀。

這些文字可能闡述了一個前所未有、精彩絕倫的故事，但這個劇本卻永遠
無法被拍成電影，因為沒人會去閱讀。

為什麼沒有人會去讀？因為很明顯地，編劇自己就沒讀過一遍。

花點時間閱讀你寫的劇本。不是要思考內容寫了什麼，而是檢查頁面上的
文字以及標點符號是否寫對。慢慢閱讀，仔細地處理漏掉的標點符號、自
創的拼字、不小心造成的漏字或誤字，例如想寫「誰的」卻寫成「誰是」。
還有注意錯別字，以及不要讓角色對白與角色指示產生混淆。

諸如此類。

不要太過驕傲而不敢請求協助，並非所有優秀的劇作家都同時是很棒的拼
字專家或校稿者，不過他們都希望自己的劇本能被慎重看待，所以會想辦

法清除可能的錯誤。

無錯誤的頁面是一種對自身、對才華以及對你的讀者的尊重。搜尋出那些錯誤，並消除它們。

致命錯誤五：過度使用場景標題

電影和電視的劇作家可以創造出讓閱讀者容易想像的故事場景，而這想像會十分貼近實際在螢幕上看到的樣子。但如果劇本頁面上將中景、兩人景、遠景，以及追蹤鏡頭如何拍攝都一一標註上去的話，反而會干擾想像場景的過程。因此，建議想投稿的劇作家不要去弄清楚自己和導演工作的界線，最好完全是新手，甚至什麼都不懂更好。

除非你有很具說服力的理由，才能加上簡短的場景標題。否則最好保持簡單，讓故事自行開展。

關於這部分，會在章節「如何決定何時要寫新的場景標題」有更詳細的內容。

致命錯誤六：不當使用場景標題

簡短的場景標題對電影劇本以及電視劇本而言，的確有其必要。當有需要時，劇作家必須適度使用場景標題。參考如下：

淡入：

在白熱光下，超新星大爆炸。

一道高壓聲音的震撼波以及光線穿過宇宙，指向將引起致命海嘯之處：

一個熟悉的藍綠色星球，從太陽外側出現。在地球上的某個地方，一個年輕女孩從床上甦醒過來，天真無邪地，渾然不知將接踵而至的災難。

這段文字讀起來比較不像劇本，反而像是一個短篇故事，顯現了劇作家不知如何展現自己的才華。應該重新將順序調整為下列的格式：

淡入：

外太空（DEEP SPACE）

在白熱光下，超新星大爆炸。

一道高壓聲音的震撼波以及光穿過宇宙，指向將引起致命海嘯之處：

熟悉的藍綠色星球（FAMILIAR BLUE-GREEN PLANET）

從太陽外側顯現出來。

INT. 孩子的房間 —— 夜晚

在地球的某處，一名年輕女孩在床上甦醒過來，天真無邪地，渾然不知將接踵而至的災難。

當場景變換或是進入一個新的時間點，便需要新的場景標題。關於這部分，會在章節「如何決定何時要寫新的場景標題」有更詳細的內容。

　　　　　　　　　　　　　　避免犯下多種致命的格式錯誤

致命錯誤七：增添不需要很長的場景標題

簡短的場景標題讀起來比長句的更快一些。建立短的場景標題，只需要涵蓋相關的內容，好讓讀者可以更專注在劇本內容。參考以下範例：

> EXT. 公墓 — 白天
>
> 葛萊森將手伸到兩個碎裂的磚塊之間並且將手抽出：
>
> EXT. 公墓 — 特寫 — 生鏽的手槍 — 白天
>
> 槍管幾乎彎曲成兩截。

最重要的訊息「葛萊森得到了一把手槍」被多餘的場景標題細節掩蓋了。一開始的「EXT. 公墓」已經很明確表現出場景的位置，後面也標示了時間是白天，因此在之後的連續場景裡，就不需要再重複一次相同的描述。現在這樣的寫法，不但使讀者分心，而沒注意到場景標題裡的重要訊息（生鏽的手槍），而且當讀者再次看到場景地點和時間的提示時，還會產生停頓，思考是否換了新的場景。另一方面，標題裡還有對於運鏡的「特寫」指令，只是，當讀者看到場景標題是「生鏽的手槍」這樣具體的小型物體時，腦海裡所想像的畫面，應該就直接是手槍的近拍鏡頭了，因此也不需要再多加說明。換言之，上述的劇本內容應該寫成這樣：

> EXT. 公墓 — 白天
>
> 葛萊森將手伸到兩個碎裂磚塊之間並且將手抽出：
>
> 生鏽的手槍（RUSTED HANDGUN）
>
> 槍管幾乎彎曲成兩截。

致命錯誤八：錯誤處理角色括號指令

請多加注意標準劇本格式裡的括號角色指令該如何使用：括號角色指令應該要寫在下一行、使用小寫文字拼寫，而且不需要句點，範例如下：

夏洛蒂
中尉，叫你的士兵去那裡挖一條壕溝──
（指向洞穴的入口）
──還有那邊也要一條。

她指向軍械庫。

不要在一段對白的同一行寫下角色括號指令：

夏洛蒂
中尉，叫你的士兵去那裡挖一條壕溝──
（指向洞穴的入口）──還有那邊也要一條。

不要在一段對白結束後再加角色括號指令（除非是動畫劇本）：

夏洛蒂
中尉，叫你的士兵去那裡挖一條壕溝──
（指向洞穴的入口）
──還有那邊也要一條。
（指向軍械庫）

關於這部分，會在「角色括號指令」章節有更詳細的內容。

致命錯誤九：寫太多字

電影劇本以及電視劇本需要生動簡潔的寫作。每一個字都必須賦予劇中角色視覺、動作或態度的描述，所有無法表達以上元素的文字都需刪除。幾乎每一個劇作家都面臨到需要刪除多餘的副詞、形容詞甚至是整個句子以及段落的情況。拒絕刪除不必要文字的劇作家，等於是在測試超時工作的讀者，且他們 定會無法通過這場耐性測試。劇本寫完以後，一定要刪減、刪減、刪減，刪減更多不必要的文字與段落。給自己一個機會，讓讀者留下印象，使自己看起來像用字精簡的專業劇作家。

致命錯誤十：用光所有的氧氣

一個專業的劇作家會確保他們所有的頁面都有足夠的空白——也就是頁面上沒有任何文字的部分。空白會讓劇本頁面看起來比較舒服，一個能讓讀者喘息的頁面，也會看起來比較輕鬆易讀。缺乏足夠的空白會使讀者的心理負擔較重，讀者看到充滿文字的頁面，會像一個被強迫走過充滿泥濘道路的旅行者。

把較長的段落分成幾個較短的段落，以製造一些空白。用幾個較短的指示內容或是其他角色的對白，來切割較長的對白。

學習如何在動作順序中留下空白，請閱讀細項「增添場景標題將動作較長的文句分段，也可以加強動作的節奏感」。

致命錯誤十一：寫太多頁

劇本寫得太長的劇作家，他們的劇本通常不會被採用。一個具特色的劇本長度介於100～110頁之間，有一些喜劇或是動畫的劇本長度甚至更短。這樣的劇本長度可以很快地讀完及容易拍攝。一個長約120頁的劇本，曾經被認為是合理的劇本長度，但在現今都被認為太過冗長。一個長約135頁的劇本幾乎不太可能會被好好閱讀。

對於電視劇的劇作家來說，合理的劇本長度會依電視劇而有所不同。在寫一個已經問世的電視劇劇集的試寫劇本前，先取得一個範例劇本，並且盡可能達到跟它一樣的頁數。

致命錯誤十二：快速轉換成過去式

劇本內描述性的段落，又稱為指示內容，一般都是以現在式書寫，如下：

> EXT. 舊金山市中心 — 早晨
>
> 一輛紅色吉普車開進市場街，在第八街轉向南方行駛，鏡頭尾隨車子開進前往舊金山法院大廳的車流，車裡的波比一閃而過。
> A red Jeep rolls along Market Street.Turns south on Eighth. FOLLOW as it joins a line of cars turning into the San Francisco Hall of Justice. Catch a glimpse of Bobbie at the wheel.
>
> EXT. 法院大廳

波比進入早上七點大城市警局換班的混亂場景。她從她的信件匣抽出案件檔案，帶著絕對的自信逕自穿過閒談的人群。沒有愉悅的氛圍，沒有眼神交流。就像只有她一個人在房裡一樣，威爾攔住了她。

```
Bobbie  plunges  into  the  chaos  of  the  7 AM
shift  change  in  this  big  city  detectives'
bureau.  She  pulls  case  files  from  her  inbox  and
threads  her  way  through  the  chitchat  with
absolute  self-assurance.  No  pleasantries,  no
eye  contact.  Like  she's  the  only  one  in  the
room.  Will  steps  into  her  path.
```

在寫短篇故事或小說時，作家通常習慣使用過去式時態來描述發生的事情。因此在寫劇本時，比起應該寫成的「Will steps into her path」，業餘劇作家會不小心寫成「Will stepped into her path」。這是可以理解的錯誤，但這也洩漏了該作家是新手電影以及電視劇本作家，而他們的劇本也就不會被認真閱讀。當然，本書的目標是希望劇作家們的劇本能都被當成第三位柯恩兄弟般認真看待，所以請在審稿的時候找出這類錯誤，並刪除。

那些訓練自己避免犯下這些致命寫作錯誤的作家，會使他們的劇本在現今極度競爭的環境中，獲得那些想把他們的劇本帶到螢幕上的讀者的認真閱讀。

有關十件事以及致命錯誤的 Q&A

Q1：沒有人，嗯，死於犯下這些致命錯誤的其中一項吧……有嗎？

A：沒有。

Q2：你說長達120頁的劇本太過冗長，但我一直以來所看的電影都長達兩個小時以上。如果一頁大約是一分鐘的內容，那麼那些劇本有多少頁？我寫的劇本要怎麼才不會這麼長？

A：是的，我們所看的電影大多數都長達兩個小時以上，但我敢打包票那些電影劇本都不是從長達180頁的待售劇本作為起點的。《鐵達尼號》？《魔戒》？它們都是在寫成劇本前，就已經透過工作室達成了一定會拍電影的協議。不同的世界有不同的規則。除非你是詹姆斯・卡麥隆，或是彼得・傑克森和他傑出的協作編劇，不然你所寫的劇本都需保持在110頁以下，才不會讓審稿者在讀你的劇本前就感到厭煩。

Q3：我聽一個成功的劇作家說劇本都應該要有封面，且那些封面必須有如閃電般的活力。他說他賣出的每個劇本都有做封面。

A：有些頂級的棒球打者會在他們的口袋裡放幸運兔腳，或在八月十五號後就不刮鬍子。我想就劇本而言，成功很有可能是因為其他的因素，像是天賦與努力。如果想要，你可以在任何情況下使用藍調風格的封面，而不會因此而影響你的劇本給人的印象，但一般來說，正常銷售劇本的劇作家

都會偏好選擇爵士風格的封面。

Q4：我聽有一些成功的劇作家說劇本寫作中不應該使用任何標點符號。他不用，並且他成功賣出他寫的每一本劇本。

A：看看上一題的「幸運兔腳」以及「不在八月十五號後刮鬍子」的例子，我不懷疑這個劇作家賣了許多劇本，但原因應該並不在於他的劇本沒有標點符號。許多同樣成功的劇作家都有使用標點符號，除了我們，其他英文語系國家也是如此。用標點符號至少不會有負面影響。

Q5：我嘗試在使用Word時遵照你的頁邊留白設定，但一頁的行數卻無法和你所說的一樣多。是否有任何小撇步可以協助我？

A：當然有。在Word的選單列依序選擇「格式」→「段落」，或是在「段落」索引功能區點選「行距選項」，在設定視窗找到「行距」後選擇「固定行高」，在「行高」欄設定「12pt」。如此一來，Word就會讓每一行的行距都保持精準的 12 點字大小，這也是好萊塢劇本寫作的統一標準，現在每頁的行數應該都能符合規範了。

待售劇本（**Spec Script**）VS. 製作草稿（**Production Draft**）

兩者之間有何不同？

這個問題不必要地令許多劇作家感到了困擾。有些劇作家甚至聽說「待售劇本」與「製作草稿」兩者之間的差異很大。

它們不是如此，也不該如此。兩者的差異，其實只在於一些極細微的特質。

先來釐清一些定義。「待售劇本」是試探性寫出來的劇本，並非為了交付特定雇主而寫，像是電影製作公司、網路或工作室，而是希望寫了之後可以販售給會將劇本拍成電影的人。「製作草稿」則是為已確定要拍的電影的前置作業或製作流程所寫的劇本。

「待售劇本」的主要讀者是潛在買家。或是更準確地來說，讀者是那些為買家工作的人，可能是電影製作人或是網路工作室執行長，而代理商、導演以及演員也都是「待售劇本」的主要讀者。要謹記「待售劇本」應該要以此目標來書寫，它是寫來被閱讀的，因此要能博得讀者的注意力。這意味著要盡量少寫場景標題，使用簡短的場景標題、精簡的指示內容，以及盡量少用角色括號指令、鏡頭拍攝方向、音效指示以及場景轉換方式。

「製作草稿」則會被電影產業各個層級的人閱讀，因為它是為了要拍成電影或劇集而寫的，所有劇本上所寫的事情都等同於是要真實拍攝的。「製作草稿」應該涵蓋最少的場景標題，每個場景標題的文字都要盡可能簡潔。角色括號指令、相機拍攝方向、音效指示以及場景轉換都應該盡量最少化。這些限制都是為了同樣的目的。

事實上，「製作草稿」幾乎沒有任何特點不同於「待售劇本」，兩者都是被購買的，會重新寫過一遍又一遍、潤飾、再重新寫過更多遍，而唯一個最大、最顯著的不同點在於：「製作草稿」在每個場景標題旁邊都會加上場景數字。只要劇作家坐下來在劇本裡打上額外的場景標題、場景轉換或其他元素，「待售劇本」就會變成「製作草稿」。事實上，直到真正開拍，沒人能知道哪個草稿是最終或只是前期草稿之一。

在電影製作中，個別鏡頭——遠景、中景、兩人景、特寫等等——都是由劇本總監手寫在劇本上的。對白也通常是在開始拍攝時即興寫出或是重寫出來的。這些改變都不需要在劇本裡打出來。

在拍攝過程中，還會因為拍攝的場景而有更改劇本的現象。在前製作業或製作過程中，劇本會做修改，修改過的劇本內容會印在彩色的紙上，頁面數字則是不動的（在「從初稿到完稿」章節中，可以讀到所有製作過程中和劇本修改有關的內容），另外，在右側頁面留白處打上的星號，也是用來指出此處有更改的意思。劇作家不需要太擔心劇本的修改。院線電影會由製作部門負責處理這些更改。電視製作則由劇作家的助理處理所出現的更改。

劇作家的底線，是將你的電影或是電視劇的故事，寫成容易閱讀以及視覺可想像的方式。將所有的技術性指令，像是相機拍攝角度、音效以及轉場盡量保持簡單。將你想像的畫面傳達給讀者，或是指出一些重要音效，在對白中增添一些重要的角色括號指令。這些都是劇作家所應具備的寫作技巧。不要欺騙自己不使用，因為有人是完全反對使用這些技巧的。專業的劇作家使用工具箱裡的每個工具，他們有好的理由巧妙地使用這些技巧，並達到很棒的效果。他們懂得節制，並真正發揮這些技巧的功用。

▌01 單鏡拍攝寫作格式
SINGLE-CAMERA FILM FORMAT

這是一個經典的寫作格式,在好萊塢歷史上,這種寫作格式已被推行幾十年。該格式主要是應用在以單鏡頭拍攝的劇本上,包括:

• 院線電影
• 一小時長度的電視劇集
• 絕大多數的半小時長電視喜劇,傳統的多鏡頭情境式喜劇除外,譬如《男人兩個半》(Two and a Half Men)
• 電視長劇,包括以電視為播出平台而拍攝的電影,以及迷你影集

單鏡拍攝寫作格式的四大元素

儘管劇本對電影與電視劇的製作,具有呈現各種豐富想像力、美學與錯綜性的無限潛能,但它們其實僅僅是由四大基本元素所組成:**場景標題、指示內容、對白以及轉場**。

每一個新的場景與拍攝,都由場景標題來揭開序幕。場景標題通常會提供關於故事發生的場地與時間的粗略訊息,例如:

INT. 五角大廈 — 五樓的走廊 — 白天

或是指示特定拍攝方式與拍攝主體：

極特寫 — 汪達緊扣板機的手指

場景標題通常後面緊接著出現指示內容，指示內容通常都是在描述鏡頭中或場景中看到和聽到的文句。

米卡從藩籬下爬過去，帶刺的鐵絲網卡住他破爛的連身衣。當搜索燈的光線掃射過來時，他讓自己緊緊伏低在地面上，盡可能讓自己不被發現。

對白包含了正在說話的角色名字、實際的對白內容，以及任何有關該對白的角色括號指令：

咪咪
很諷刺吧，不是嗎？
（拍打方向盤）
我偷了一台沒油的車。

場景轉換有時候會出現在場景結束時，以及交待這個場景是如何接續下一幕，例如：

溶接（DISSOLVE TO）：

附錄A裡有單鏡拍攝寫作格式的劇本寫作範例，請參見別冊。

單鏡拍攝寫作格式的頁邊留白與字體

標準格式嚴格指定劇本使用等寬字體，像是 Courier 或 Courier New，以及使用特定寬度的頁邊留白。 等寬字體（不同於一般按筆畫比例大小而決定寬度的字體）的特點在於，每行文句裡的每個字母皆佔有相同的寬度，不論是小寫的 i 或是大寫的 M。用來打劇本的字體寬度是 10（pitch），也就是說每英吋的距離中左至右有十個字母。字體大小為 12 點（point），這樣每英吋由上至下可包含六行句子。換言之，12 點大小的 Courier 或 Courier New 字體，就是用來寫劇本的最佳選擇，也是最常見的劇本字體。結合使用等寬字體以及標準的頁邊留白，會使劇本每一頁的內容看起來都較為乾淨一致。

為何這一點如此重要？

多年以來，電影製作人根據經驗推衍出了劇本長度與影片長度的轉換關係：一頁的劇本一般來說是一分鐘的電影長度。而製作費的估算以及拍攝時間的分配，也有一部分是端看劇本的總頁數，或是每個場景所佔的劇本頁數。因此，電視劇作家知道 60 頁左右的劇本足夠提供一個小時電視節目的拍攝內容；知道 120 頁的劇本可供拍攝片長兩個小時的電影。儘管你可能不認可這種換算方式（沉鬱緩慢的一小時劇集《中國海灘》劇本長度往往只有約 50 頁，但同樣身為一小時長度的劇集，劇情緊湊的《急診室的春天》劇本，有時候卻長達 70 頁），但這是好萊塢日復一日、沿用至今的既定公式。影片製作計劃表都是依照每日能拍攝多少頁劇本而定，而劇作家也是依照劇本的頁數來決定是否刪減場景。要說好萊塢有多重視確切

的劇本頁數，可以由下面這個例子略窺一斑：華納兄弟電影公司的高階執行長有一次威脅要解散他們自家公司的劇本處理部門，原因就是他們懷疑自家員工罔顧標準格式，而更改了某部院線片重要草稿的頁邊留白。改變標準劇本所用的字體或頁邊留白，或甚至紙張的大小，將會更改每頁劇本可以涵蓋的內容，從而打亂了基於劇本頁數的所有相關影片製作成本計算。這些更改同時也改變了劇本的外觀，使劇本被標上了不專業的污名。有意更動標準格式的作者們請謹記：後果自負。

正確標準的劇本頁面留白示範如下：

---

(1)

(9)14.

(8)21　　　　(2)EXT．戰地 — 破曉　　　　　　　　　(8)21

(3)太陽在倒下的士兵旁緩緩升起，在他們身上染上了深紅的色調。一群衣衫襤褸的孩子們在橫七八豎的屍體中四處遊蕩，想要看看能否找到生還者，或者還能穿的軍靴。

(5)聯盟隊長
(4)喂！年輕人！出發了！
(6)（轉向他的士兵）
每個人都知道自己該做什麼，動起來！

士兵們開始不情願地穿越戰地。

(7)切換至：

22　　　　EXT．葛蘭特的總部 — 夜晚　　　　　　　22

骯髒的帆布帳篷外生著一堆營火。軍官們靜靜的，空閒無事。每個人看起來都像是在等待著什麼即將發生的事情。

標準單鏡拍攝寫作格式的頁邊留白

上面範例中，有關標準單鏡格式頁面留白的說明如下：

（1）**紙張使用三孔的**8.5×11英吋白色模造紙（基重為75g/m²）

（2）**場景標題：**

　　　左邊頁邊留白為1.7英吋。

　　　右邊頁邊留白為1.1英吋。

　　　一行最多放57個英文字元。

（3）**指示內容：**

　　　左邊頁邊留白為1.7英吋。

　　　右邊頁邊留白為1.1英吋。

　　　一行最多放57個英文字元。

（4）**對白：**

　　　左邊頁邊留白為2.7英吋。

　　　右邊頁邊留白為2.4英吋。

　　　一行最多放34個英文字元。

（5）**對白上角色的名字：**

　　　左邊頁邊留白為4.1英吋。

　　　注意到對白上角色的名字不是放在正中間的位置。無論名字有多長，
　　　名字都是從一樣的位置起始（頁面左側邊緣開始4.1英吋處）。

（6）**角色括號指令**：

左邊頁邊留白為3.4英吋。

右邊頁邊留白為3.1英吋。

一行最多放19個英文字元。

（7）**場景轉換**：

左邊頁邊留白為6.0英吋。

（8）**場景數字**：

左側場景數字放於頁面最左側開始1.0英吋處。

右側場景數字放於頁面最左側開始7.4英吋處。

注意場景數字不是由劇作家來決定或增添。劇本一旦正式開始進入前製階段後，場景數字會由製作團隊來添入。

（9）**頁數**：

由頁面左側邊緣算起7.2英吋處，頁面最上方往下0.5英吋處。

（10）**字型**：

Courier或是Courier New字型，大小為12點（或寬度相等的襯線字型）。

（11）**頁面長度**：

一般頁面最多放57行句子（所以每一頁最上方的頁邊留白為0.5英吋高，底部頁邊留白為1英吋高）。

57行字包括每一頁最上方作為頁數的那一行，再下一行需為空白行，緊接著才是劇本內容。

下一頁為「單鏡拍攝劇本範例」。但實際的頁邊留白比例請使用別冊的範例作為樣本，來與你劇本的頁邊留白做個比較。

劇本頁面應該單面或是雙面列印？

為了節省用紙，有些工作室嘗試使用雙面列印來印製劇本，而有些文本代理機構也習慣使用雙面列印。儘管如此，好萊塢長期以來的作法一直都是單面列印。一般來說，劇組人員會在使用中的劇本加註或記載要點事項，所以單面列印除了有使劇本較輕鬆易讀的優點，也提供充分的餘裕空白處讓讀者增添筆記。除此之外，一旦影片企劃即將進入拍攝階段，在必要時，工作人員必須將原本的劇本頁面抽出，置換成修改過的，而這些修改過的頁面會用彩色紙張以作區別。由此可知，單面列印劇本絕對有其必要性。

單鏡拍攝劇本範例

                    BOBBIE
          There are some details missing
          from his statement to the other
          detectives. We need him to fill
          in the blanks.

                FATHER PETROCELLI
             (studies the cops)
          You understand the bullet
          passed through his brain.
          Father Gage is not the man he
          was.

INT. UPSTAIRS HALLWAY

Father Petrocelli leads Bobbie and Will down a
dim passage. At the far end he knocks softly
on a door, then turns the knob and pushes it
open.

                FATHER PETROCELLI
          If you need me, I'll be close
          by.

INT. FATHER GAGE'S QUARTERS

A bed. A desk. A lamp. Nothing more. Father
Gage bends over the desk, his head wrapped in
gauze, a pencil in his hand, scratching out a
manuscript. He finishes the page and places it
atop a stack on the floor. There are other
stacks. He has written hundreds of pages. He
starts another.

                    WILL
          Father, we're sorry to bother
          you. We're detectives from San
          Francisco PD. We need to ask
          you a few questions.

Gage doesn't look up.

                    WILL
          What are you writing?

                  FATHER GAGE
          A book.

                    WILL
          What about?

Gage throws down the pencil, pushes back from
the desk and rises to his full, towering
height.

                  FATHER GAGE
          Are you a believer?

> 波比
> 他給其他探員的供詞在某些細節處根本就在
> 打馬虎眼。我們需要他把遺漏的地方交代清
> 楚。

> 派綽賽利神父
> （仔細觀察警察的神態）
> 子彈穿過他的腦袋。還請理解蓋舉神父已經
> 變了個人了。

INT. 樓上的走廊

派綽賽利神父帶領波比和威爾往下走到一個陰暗的走道。在走道
的最遠端，他輕輕敲了一扇房門，然後轉動門把推開房門。

> 派綽賽利神父
> 如果你有事要找我的話，我就待在這附近。

INT. 蓋舉神父的房間

一張床、一張書桌、一盞檯燈，這個房間簡單得不能再簡單了。
蓋舉神父全神貫注的埋首在書桌前。他的頭被紗布包了一大圈，
手上拿著一支鉛筆，正在刪改一張手稿。他完成一頁後，將之
擺在地上一大疊稿子的上方。地上還有其他好幾疊手稿四處散亂
著。看起來他已經寫了好幾百頁了。他接著寫下一頁。

> 威爾
> 神父，很抱歉打擾你。我們是從舊金山來的
> 警探。有一些問題想要請教你。

蓋舉並未抬頭看他們。

威爾

你在寫什麼？

蓋舉神父

一本書。

威爾

關於什麼的書？

蓋舉丟下手中的鉛筆，推開椅子站起身來。他的個子很高，直挺挺的像個巨人似的。

神父蓋舉

你相信神嗎？

02 場景標題
SHOT HEADINGS

場景標題又稱為畫面標題（scene headings）以及敘述標題（slug lines），可以提供有關拍攝的場景以及拍攝方式的各種訊息。請注意，場景標題一定要用大寫！它們可以非常簡潔，譬如：

    BOB

或是又長又複雜：

    EXT. 白宮 ― 南面草坪 ― 特寫CNN特派員 ― 黃昏（1999
    年3月15日）

    EXT. WHITE HOUSE - SOUTH LAWN - CLOSE ON CNN
    CORRESPONDENT - SUNSET（MARCH 15, 1999）

重要警告

這個章節會闡述如何適當地使用各種不同的場景標題，從對角鏡頭到水中鏡頭的場景。如果你基於一個具說服力的原因，想使用本章提到的任一種場景，下面會教你如何以既專業又經典的方式來寫劇本。然而，基本原則是：盡可能少用場景標題，並且越簡單越好。大多數的場景只需要一個主

要的場景標題，也就是一行簡潔的敘述來架構地點和時間，如下：

EXT. 中央公園 ─ 白天

這種簡單的場景標題，可以讓整體演出以及對白不受額外的干預而順暢進行，而不需要另外明確地指出附加的場景。劇本能手在其作品中通常會避免使用不必要或是過度複雜的場景標題。

然而，有時候為了幫助讀者理解劇本內容，場景標題裡就需要加入額外的訊息，或是需要增加額外的場景標題，以清楚明瞭地敘說故事內容。此章節會解釋如何適當地增添新的場景標題，哪些訊息應該涵蓋在場景標題中，以及該如何排置這些訊息。

場景標題的五大部分

場景標題是由五大類基本訊息組成：(1) 室內或是戶外；(2) 地點；(3) 拍攝形式；(4) 拍攝主題；(5) 時間。

(1) 室內或是戶外

場景標題若是以縮寫的EXT.開頭，表示「戶外」，對所有參與製片的工作人員來說這是一個非常重要的訊息，因為大多數戶外場景都是在室外拍攝，而非拍攝於室內佈景。

縮寫INT.是「室內」的意思，這告訴我們故事發生在室內場景，通常是在室內搭建的佈景拍攝。

INT.和EXT.都需要用大寫，且後面會接著打一個點（代表英文的縮寫），再加一個空白格（半形空格），範例如下：

INT. SPACE STATION

以下為錯誤示範：

INT.　SPACE STATION（點後空一格即可）

INT. Space Station（英文需全部大寫）

INT：SPACE STATION（INT後為一點，而非冒號）

INT SPACE STATION（INT後需加一點）

INT ― SPACE STATION（INT後為一點，而非連字號）

偶爾有些特殊場景會同時包含室內和戶外的拍攝。舉例來說：茉莉，一個甜美平凡的女孩，在她開著法拉利沿著好萊塢公路行駛的時候，被一隻狼獾找碴了。拍攝的過程中茉莉會跳上她的引擎蓋。我們可以藉由幾個不同的方式來設定場景標題：

EXT. 好萊塢公路／INT. 茉莉的法拉利車內 ― 白天

茉莉用腳控制著方向盤，從敞開的窗戶探出身子，瘋狂地朝著呲牙裂嘴的狼獾揮舞她的皮包。

或是：

EXT.／INT. 茉莉的法拉利 ― 白天

茉莉疾駛在好萊塢公路上。她用腳來控制車的方向盤，向車窗外探出身子，朝呲牙裂嘴的狼獾瘋狂地揮舞著她的皮包。

請注意在每一個EXT.／INT.的縮寫後面都要加一個點。

有時候劇作家不確定該用INT.或EXT.來標示某些場景。因為我們的主角可能會爬出他的車子——在他把車開進車庫後。在這個例子裡，「EXT. 車子」並非正確的設定，因為實際上故事場景是發生在車庫裡（屬於室內）。在這種情況下，正確的場景標題應該是「INT. 車庫 — 車外（OUTSIDE CAR）」，或只是「INT. 車庫」。

那如果拍攝場景是在一個露天的體育場呢？仍然算是戶外，所以是EXT.：

　　　EXT. 芬威球場 — 上層座位

而不是：

　　　INT. 芬威球場 — 上層座位

只要思考故事發生地點是在戶外或室內，INT.是室內場景，EXT.是室外場景，就不難知道該選哪一個標示了。

重要準則：**如果你使用了INT.或EXT.表明室內／外，後面必須緊接著場景「地點」**：

　　　EXT. 金色大門公園 — 傑克

而不是：

EXT. 傑克在金色大門公園

EXT. 傑克

EXT. 白天

EXT. 遠景 — 傑克

(2) 地點

地點會告訴我們故事發生的所在位置：

EXT. 月球表面 — 寧月基地

INT. 福特野馬 — 後車廂

INT. 檀香山希爾頓飯店 — 總統套房 — 浴室

EXT. 弗來德的後花園

重要準則：場景標題可能涵蓋一個至多個場景訊息，但場景的排列順序一律由概括的大地域至較小的明確地點，而且每一個場景單位都用半形空格和英文連字號來分隔（單一空白格、連字號、單一空白格），如下：

EXT. 洛杉磯 — 鬧區 — 博納旺蒂爾飯店 — 貨物裝卸區
EXT. LOS ANGELES - DOWNTOWN - BONAVENTURE
HOTEL - LOADING DOCK

而不是：

INT. 更衣間 ── 小明星的拖車

  （順序顛倒了，應大景在前，小景在後。）

玉米田 ── 農場 ── 愛荷華州
CORN FIELD -- FARM -- IOWA
  （又一次順序顛倒，且連字號也不正確。）

EXT. 曼哈頓街道。事故現場。蘇活區。
EXT. MANHATTAN STREET. SCENE OF CAR ACCIDENT.
SOHO.
  （順序錯亂，且該用連字號，不是句點。）

如果室內場景訊息需要包含城市名稱，將城市名放在括號內，並放置在主
要場景之後：

INT. 搖搖欲墜的倉庫（檀香山）── 白天

INT. 艾德勒飯店（柏林）── 七樓客房 ── 夜晚

(3) 拍攝形式

有時候劇作家基於個人偏好，會指定某種特定的拍攝方式。拍攝形式有非
常多種：定場鏡頭、遠景、特寫、追蹤鏡頭、極特寫、插入鏡頭、水中鏡
頭、主觀鏡頭等等，例子多得不勝枚舉。然而，置入新的場景標題的頻率
與其適切性，是一個充滿爭議與混亂的議題。關於這個問題，我們暫且打
住，先來談談拍攝形式。以下我們先列出每種拍攝類型，以及其適當格
式。然後我們會接著探討有關實際面以及風格面的寫作規則，這些討論將
有助於劇作家決定什麼時候要使用新的拍攝形式。

● 特寫（Closeup）

特寫鏡頭意指以鏡頭呈現近距離拍攝主角的拍攝方式。特寫拍攝應該有多種不同描述方式，以下的設置方式皆是正確的：

特寫（CLOSE）— 魯道夫的鼻子

特寫鏡頭（CLOSE SHOT）— 魯道夫的鼻子

特寫（CLOSEUP）— 魯道夫的鼻子

特寫魯道夫的鼻子（魯道夫鼻子的特寫）
CLOSE ON RUDOLPH'S NOSE
CLOSE ANGLE ON RUDOLPH'S NOSE

注意「CLOSE、CLOSE SHOT、CLOSEUP」，後面都要加英文連字號，而「CLOSE ON」以及「CLOSE ANGLE ON」則不加連字號，同時也請注意，「CLOSEUP」是一個字而不是兩個分開的字。

● 極特寫（Extreme closeup）

特寫的其中一個變化就是極特寫：

EXTREME CLOSEUP — 威廉左眼的虹膜

● 插入鏡頭（Insert shot）

插入鏡頭是一種獨特的特寫鏡頭，通常用於拍攝特定物體以突顯故事環節裡的一些重要細節。一般來說，插入鏡頭多用於拍攝標誌、書本或是手寫的文字。

約翰

撕開信封並抽出生日卡。他打開卡片。

插入 — 卡片（INSERT - CARD）

凌亂的文字映入眼簾。卡片以紫紅的唇膏潦草的寫著：「好好慶祝你的生日吧。因為這是你今生最後一個生日了。」

回到場景（BACK To SCENE）

約翰心頭一緊，不由得警覺了起來。他仔細地看了一下信封。

注意在插入鏡頭後，我們會需要一個新的場景標題將鏡頭帶回原來的場景，而「回到場景」這個既方便又通用的場景標題，在這裡立即發揮了它的作用。

● 遠景（Wide Shot）

遠景就是將鏡頭從主角身上移開並且攝入全景，可以用下列任一方式來描述：

遠景（WIDE）— 跑道以及空盪盪的觀眾席

遠景鏡頭（WIDE SHOT）— 跑道以及空盪盪的觀眾席

遠景角度（WIDE ANGLE）— 跑道以及空盪盪的觀眾席

跑道以及空盪盪觀眾席的遠景
WIDE ON RACETRACK AND EMPTY STANDS
WIDE ANGLE ON RACETRACK AND EMPTY STANDS

如同以往，當使用介係詞「ON」時，不需要加英文連字號。

● 中景（Medium Shot）

介於遠景和特寫之間就是中景，縮寫為「MED. SHOT」。通常該鏡頭的主題都是一個到多個，而且只有一種寫法，如下：

MED. SHOT — 傑克和蘿絲

而不是：

MEDIUM SHOT — 傑克和蘿絲
（不要把MEDIUM全寫出來）

傑克和蘿絲的中景
MED. SHOT ON JACK AND ROSE
（不要使用介係詞「ON」）

MED. — 傑克和蘿絲
（不要漏掉「SHOT」）

重要提示：儘管運用不同鏡頭拍攝方式聽起來是件相當誘人的事，但若只是因為前人使用了這些拍攝方法促使你想跟風，請三思！如同你不會在一般的閒聊對白中使用字典裡的每一個字，硬是使用不同的拍攝鏡頭不見得是個好點子。一般狀況下，我們難以想像劇作家需要指定一個中景、兩人景或三人景。但如果這種特殊情況出現，當然也有解決方法。

• 兩人景和三人景（Two and three shot）

兩人景是設定來同時拍攝兩個角色。而三人景是拍三個角色：

> TWO SHOT ─ 布魯特斯和凱薩

> THREE SHOT ─ 曼尼、莫和傑克

而不是：

> 布魯特斯和凱薩 ─ TWO SHOT
>
>> （拍攝鏡頭的類型應在前，鏡頭的角色置後）

> 三人景的曼尼、莫和傑克
>
> THREE SHOT OF MANNY, MOE AND JACK
>
>> （應使用英文連字號來取代「OF」）

• 定場鏡頭（Establishing shot）

定場鏡頭是用來顯示拍攝地點的外在環境，通常是某一種建築物外觀，而此建築物的內部就是下一幕故事即將發生的場地。**這裡要注意的是，真正的定場鏡頭之下沒有和故事本身相關的特定活動發生，也沒有可供指認的角色出現。**這只是一個提供我們將要進去的建築物訊息，以及故事發生時間的鏡頭。該鏡頭可以下列方式描述：

> EXT. 伯蒂的啤酒屋 ─ ESTABLISHING SHOT ─ 白天
>
> 停車場是空的。

>> 切換至：

INT. 伯蒂的啤酒屋

伯蒂正在拖地板。

以下的寫法也是正確的：

EXT. 伯蒂的啤酒屋 ─ 白天

定場 停車場是空的。
ESTABLISHING. The parking lot is empty.

EXT. 博蒂的啤酒屋 ─ ESTABLISHING ─ 白天

EXT. 博蒂的啤酒屋 ─ 白天（ESTABLISHING）

EXT. 博蒂的啤酒屋 ─ TO ESTABLISH ─ 白天

而不是：

EXT. 博蒂的啤酒屋 ─ ESTABLISHING ─ 白天

博蒂步履蹣跚地走到室外，把一桶汙水潑在地上。

如果拍攝鏡頭裡出現特定的角色或動作，這就不是定場鏡頭了。拿掉「定場」這個字，使其成為一般正規的場景標題。

● 追蹤以及移動鏡頭（Tracking and moving shot）

在追蹤鏡頭中，攝影機會緊緊跟隨著攝影主體的動作而移動，這種拍攝方式和移動鏡頭非常相似。以下的例子都是正確的：

TRACKING SHOT — 戰士

在最後一段路程奮力疾馳，馬蹄所到之處，大把的泥塊四處飛濺。

TRACKING SHOT

戰士在最後一段路程奮力疾馳，馬蹄所到之處，大把的泥塊四處
飛濺。

INT. 福特野馬敞篷車 — MOVING — 白天

EXT. 第五大道 — MOVING SHOT — 葛塔和寇緹絲

鏡頭跟著花車移動
MOVE WITH PARADE FLOAT

鏡頭追著戰士
TRACKING MAN OF WAR

而不是：

MOVING WITH - PARADE FLOAT
　　（使用介係詞「WITH」，就不需要連字號）

TRACKING - MAN OF WAR
　　（在追蹤後面加「SHOT」一詞，或刪去連字號）

● 空中鏡頭（Aerial shot）

空中鏡頭就是指從空中拍攝。寫作格式如下：

> AERIAL SHOT — 諾曼第海灘

> EXT. 諾曼第海灘 — AERIAL SHOT — 諾曼第登陸戰

● 水中鏡頭（Underwater shot）

水中鏡頭的格式有幾種不同的書寫方式：

> INT. 大型水族館 — 隨著鯊魚移動（水中）— 白天
> INT. GIANT AQUARIUM - MOVING WITH SHARK (UNDERWATER) - DAY

> UNDERWATER SHOT — 沉沒海底的大型貨輪甲板

● 新視角（New angle）

有時候劇作家可能想要攝影機在既有的場景中使用新視角，但並沒有特別指定是哪種視角。這類的場景標題書寫格式如下：

> NEW ANGLE

> NEW ANGLE — 球場

> ANGLE — 喘氣中的黃金獵犬

> 視角在索菲亞身上（ANGLE ON SOPHIA）

有時候視角在誰身上（ANGLE ON）會簡化成只剩一個介係詞「ON」：

EXT. 威尼斯海灘 ― ON SOPHIA ― 白天

視角在麥克握緊的拳頭上（ON MIKE'S CLENCHED FIST）

請注意！視角和新視角只限於用在既有的場景內，也就是在一個已確立的地點之內。換句話說，場景標題為「EXT. 道奇球場 ― 白天」的場景拍攝可以在同一景內包含「NEW ANGLE ― 得分版」和「新視角在裁判上」（ANGLE ON UMPIRE）這類鏡頭，但絕不能有「NEW ANGLE ― 鼠海豚在海邊」或「視角在好萊塢地標上」（ANGLE ON HOLLYWOOD SIGN）這種與既有場景內容毫無相關的新視角鏡頭出現。

● 向上視角以及向下視角（Up angle and down angle）

向上視角指的是相機朝上拍攝，而向下視角則指相機向下朝主題拍攝。

UP ANGLE ― 格莉艾斯

DOWN ANGLE ― 小提姆

● 高角度和低角度（High angle and low angle）

高角度指的是拍攝時攝影機處在高點，低角度指的是攝影機設定在低位。

HIGH ANGLE

高角度 ― 俯看戰地
HIGH ANGLE - LOOKING DOWN ON BATTLEFIELD

LOW ANGLE

低角度 ── 往上看屋頂
LOW ANGLE - LOOKING UP TOWARD ROOFTOPS

● 對角鏡頭（Reverse angle）

對角鏡頭是指攝影師轉換鏡頭，使鏡頭拍攝角度朝之前鏡頭的反方向拍攝。這種拍攝方式通常使用於連續鏡頭，如下：

打擊者

揮動手中的球棒，球棒觸及球身。

REVERSE ANGLE

球如火箭發射般迅速穿過投手身旁，朝中外野飛去。

以下是另一個例子：

INT. 客廳 ── 聖誕節早上

小女孩跨過門口，滿臉期待的朝房內檢視。只那麼一瞬間，她的臉整個垮了。

REVERSE ANGLE ── 聖誕樹

空蕩蕩的。所有原先掛在樹上的發亮小燈泡和可愛的裝飾品全都不見了。同時，禮物也都不翼而飛。眼下所見只有地板上的一截緞帶殘骸，和一個壓扁了的紅色蝴蝶結。

• 主觀鏡頭（POV shot）

主觀鏡頭是很重要的一個拍攝鏡頭，但是在劇本裡卻常常因為犯了格式上的錯誤而造成讀者一頭霧水。在主觀鏡頭中，攝影機是藉由角色的視角而拍攝，讓觀眾可以透過主角的角度來身臨其境。主觀鏡頭通常包含了至少三個鏡頭以上的連續鏡頭動作：1) 鏡頭顯示主角正盯著某樣物體；2) 主觀鏡頭揭露主角所看為何物；3) 鏡頭轉回到原先場景的主要狀態。典型的排列順序舉例如下：

> EXT. 密西西比河河岸 ── 早晨
>
> 浩克盯著某個在水面上移動的物體。
>
> 浩克的主觀鏡頭（HUCK'S POV）
>
> 一隻碩大的食魚蝮緩慢地朝他游過來。
>
> 回到場景（BACK TO SCENE）
>
> 浩克撿起一塊石頭，對著這隻致命的爬蟲動物露齒而笑。

以下的描寫也是正確的：

> EXT. 密西西比河河岸 ── 早晨
>
> 浩克盯著某個在水面上移動的物體。
>
> 浩克的主觀鏡頭 ── 食魚蝮（HUCK'S POV - COTTONMOUTH SNAKE）
>
> 緩慢地朝他游過來。

浩克（HUCK）

    （在此，「浩克」等於「回到場景」的替代詞。）

撿起一塊石塊，對著這隻致命的爬蟲動物露齒而笑。

其實主觀拍攝還有另一種寫法，雖然也是完全正確的格式，但是已然過時，而且也鮮少使用。在這個例子裡是使用這樣的用法：「他所見」（HE SEES）或是「浩克所見」（WHAT HUCK SEES）：

EXT. 密西西比河的沿岸 ─ 早晨

浩克盯著某個在水面上移動的東西。

他所見（WHAT HE SEES）

一隻食魚蝮緩慢地朝他游過來。

回到浩克（BACK TO HUCK）

    （「回到浩克」也是另一個「回到場景」的替代詞。）

他撿起一塊石塊，對著這隻致命的爬蟲動物露齒而笑。

以下是常見的錯誤範例：

浩克的主觀鏡頭 ─ 食魚蝮

緩慢地朝他游過來。他撿起一塊石塊，對著這隻致命的爬蟲動物露齒而笑。

這個寫法不正確的原因是：浩克不能出現在他自己的主觀鏡頭裡。這裡有一個很重要的規則：**當我們切換場景至主觀鏡頭，我們是直接透過主角的**

視角來看事物，而基於這個理由，他不會看到他自己（除了在極少數的狀況之下，譬如說，他看見了鏡子中自己的影像，或是在某商店的錄影監視器螢幕裡看見自己的身影）。一旦開始使用主觀鏡頭後，若想再度看到浩克回歸螢幕，我們必須先切換到一些有他出現的新場景裡，在此我們通常是用「回到場景」或是「回到浩克」的方式來書寫。

此外，還有另一種常見，且容易困惑讀者的錯誤寫法：

POV — 浩克

你認為這是指浩克的主觀鏡頭嗎？意味著我們正透過浩克的眼睛來看事物？或者這是某人的主觀鏡頭，顯示他正盯著浩克看呢？這是一個錯誤的寫法，因為指示含糊不清，進而混淆讀者。

但在某些狀況下，劇作家的確可能在使用主觀鏡頭的時候，為了營造出懸疑的氣氛，而將主觀鏡頭的主人翁藏身幕後。這種情況的範例如下：

EXT. 黑暗的停車場 — 夜晚

麗塔從她的馬自達MX-5中站起身來。

神祕的主觀鏡頭（MYSTERY POV）

當她獨自走向湖邊時，某個隱身灌木叢背後的眼神緊緊尾隨她的身影。
Watching FROM BEHIND bushes as she walks alone toward the lake.

以下寫法也是對的：

觀察者的主觀鏡頭（WATCHER'S POV）

不知名人士的主觀鏡頭（ANONYMOUS POV）

主觀攝影機（SUBJECTIVE CAMERA）

雖然詞彙不同，但「主觀攝影機」這個描繪方式同樣是指攝影機透過某角色的視線觀察周遭事物。

主觀鏡頭拍攝的特有風格包含了望遠鏡式主觀鏡頭（BINOCULAR POV）、顯微鏡式主觀鏡頭（MICROSCOPIC POV），上下顛倒式主觀鏡頭（UPSIDE-DOWN POV）、觀望窗外式主觀鏡頭（POV SHOTS OUT WINDOWS），以及狙擊槍瞄準鏡式主觀鏡頭（POV SHOTS THROUGH SNIPER SCOPES）。這些獨特的鏡頭寫作格式如下：

BINOCULAR POV

葛利格中士的望遠鏡式主觀鏡頭 ── 敵軍步兵

鏡頭隨著遠方的山脊走向移動。

SGT. GRIGGS' BINOCULAR POV - ENEMY INFANTRYMEN

move along the distant ridge.

MICROSCOPIC POV

該細菌緩慢地分裂，接著又再度分裂。

彼得的上下顛倒式主觀鏡頭 ── 舞池

每個人都看似在天花板上跳舞。

PETER'S UPSIDE-DOWN POV - DANCE FLOOR

Everyone seems to be dancing on the ceiling.

潘蜜拉的主觀鏡頭 ── 透過窗戶

雨滴開始紛紛落下。

PAMELA'S POV - THROUGH WINDOW

Rain has begun to fall.

狙擊槍瞄準鏡式主觀鏡頭 ── 總理

狙擊槍的瞄準準心停留在這位公務員身上。

POV SHOT THROUGH SNIPER SCOPE - PRIME MINISTER

The cross hairs hover over the official.

• 手持拍攝（Handheld shot）

手持拍攝是指由攝影師手持攝影機來進行拍攝，其特點是可以製造移動、活力或是困惑的觀感，若是應用在主觀鏡頭中，其效果可以加強觀眾彷彿親自使用主角雙眼觀看的錯覺。

HANDHELD SHOT - MOVING WITH MURPHY

他為了保命而跑得上氣不接下氣，涔涔而流的汗水讓人聯想到在喬治亞州悶熱的八月天裡，沁涼冰紅茶的杯身不斷湧現又滴落的水珠。

以下寫法也是正確的：

MOVING WITH MURPHY (HANDHELD)

(4) 拍攝主體

拍攝主體與先前討論的拍攝方式是分開的兩回事。拍攝主體是指攝影所要拍攝的人或物，是肉眼可見的實體。既可以是指小小的老鼠，也可以像是巍峨的群山這種氣勢滂礡的龐然大物，如：

米奇和米妮（MICKEY AND MINNIE）

喜馬拉雅山脈（HIMALAYAS）

寫出拍攝主體時，可以包含描述性文字，例如：

一個正在哭的小男孩和他頻頻吸鼻涕的妹妹
CRYING BOY AND HIS SNIFFLING LITTLE SISTER

地球上最後一個男人
LAST MAN ON EARTH

但是場景標題中不能同時包含拍攝主體和動作，以下是不正確的例子：

昏昏欲睡的小男孩揉著惺忪的雙眼
SLEEPY BOY RUBS HIS EYES

海豹部隊無聲無息地爬上岸邊
NAVY SEALS CREEP UP BEACH

反之，應將拍攝中的主角與動作分開，如下：

昏昏欲睡的小男孩
揉著惺忪的雙眼。
SLEEPY BOY
rubs his eyes.

海豹部隊
無聲無息地爬上岸邊。
NAVY SEALS
creep up the beach.

如果拍攝對象超過一個主體，則將這些個體以逗號、斜線或連接詞「and」來區隔。

TRACKING SHOT - MIKE, SAMMY, SAL AND WANDA

THREE SHOT - HANSEL/GRETEL/WITCH

SERGEANT AND TWO CORPORALS

WIDE SHOT - TEX GRIFFIN, HIS PONY AND STONY
RIDGE BEYOND THEM

但不要這樣寫：

> 遠景 ─ 德士格芬 ─ 他的小馬 ─ 他們的上方岩石山脈
> WIDE SHOT - TEX GRIFFIN - HIS PONY - STONY
> RIDGE BEYOND THEM

(5) 時間

場景標題通常會包含故事發生的時間點。最常見的指定詞是「白天」或「夜晚」。時間的標示極為重要，因為這不但讓讀者在閱讀當下不致迷失方向，同時也對電影製作團隊提供直接的重要訊息。

白天（Day）是指故事發生在白天。

夜晚（Night）是指故事發生在晚上。

魔幻時刻（Magic hour）是用來描述黃昏這段非常短的時間，也就是指當夕陽的餘暉還清楚可見，到太陽完全落下地平線這段期間。之所以被稱為魔幻，是因為這個時段拍攝出來的影片色彩很棒，但可實際拍攝的時間卻短得不能再短了，基於這個理由，這種時段不適合用來拍攝時間持續較長的場景。

日落（Sunset）、日出（Sunrise）和薄暮（Dusk）等等都是可以使用的代表詞，但對於製片來說，這些用語也同樣呈現出實際拍攝時可能面臨的限制。劇作家也可以更具體地指出時間，或以趣味的方式描寫時間點：

> 深夜（DEAD OF NIGHT）

日正當中（HIGH NOON）

凌晨三點（3 AM）

還有一些其他關於時間的代表詞，同樣能夠幫助讀者在閱讀時不至於對故事發生的時間產生錯亂感，特別是當劇作採用非線性的敘述方式，也就是說該故事並非嚴格地照時間順序來推演時：

INT. 臥室 ── 視角在正在睡覺的孩子上 ── 15分鐘後
INT. BEDROOM - ON SLEEPING CHILD - 15 MINUTES LATER

EXT. 游泳池 ── 持續動作
EXT. SWIMMING POOL - CONTINUOUS ACTION

EXT. 獨立廳 ── 1776年7月4日
EXT. INDEPENDENCE HALL - JULY 4, 1776

EXT. 白宮 ── 定場 ── 今日
EXT. WHITE HOUSE - ESTABLISHING - PRESENT DAY

INT. 潘蒂考夫的房子 ── 車庫 ── 五個月前
INT. PENTICUFF HOUSE - GARAGE - FIVE MONTHS EARLIER

INT. 地鐵車廂 ── 同一時間
INT. SUBWAY CAR - SAME TIME

偶爾，在單一的場景標題裡會有不只一個時間的指示。在此種情況下，**將用來點出故事發生時刻（一日當中的某個時段）的詞放前面，然後才接續括號內的額外補充詞語**。例如：

EXT. 摩加迪休 — 武器市場 — 白天（1995 年 8 月 5 日）

EXT. MOGADISHU - WEAPONS MARKET - DAY (AUGUST 5, 1995)

INT. 教室 — 夜晚（連續動作）

INT. CLASSROOM - NIGHT (CONTINUOUS ACTION)

EXT. BNW 經銷店 — 日出（回到現在）

EXT. BMW DEALERSHIP - SUNRISE (BACK TO PRESENT)

持續動作（CONTINUOUS ACTION）這個詞是用來強調一個場景緊接著下一個場景，中間沒有插入任何空白時間。

INT. 走道

拼死逃跑的潘妮洛普瘋狂地敲打著門和不停扭動著門把。

INT. 醫院的候診間 — 持續動作

潘妮洛普睜著驚恐的雙眼，跟蹌地走到裡面，迫切的希望能找到一張熟悉的面孔。

「連續動作」一詞對於強調兩個故事場景的前後緊密連結非常有用，但也因此常常出現濫用的狀況。如同上面這個例子所見，文中非常明顯能看出角色動作是從上一個鏡頭延續到下一個鏡頭，所以在此加了「連續動作」這個指示顯得多此一舉，反而使頁面多了不必要的贅字。如果你想讓你的劇本看起來既乾淨又清爽，除了有澄清故事脈落的必要之外，請一定要節制使用這個字眼。

其實還有其他額外的敘述詞也被加諸在關於「時間指示」的範疇裡，儘管它們和「時間」毫無瓜葛。例如包括氣象的術語（雨、雪、霰等）、影片特性（黑白、八釐米、家庭攝影機、舊新聞資料畫面等）、慢動作、以及MOS。MOS是早期在好萊塢耳熟能詳的一個名詞，意指沒有音效的場景拍攝。這個詞有個有趣的歷史：傳說從前在好萊塢工作的德國導演，因為英語能力不佳的緣故，在安排拍攝時會將「無音效」（without sound）講成「mit-out sound」。後來每逢碰到無音效的場景，人們便將「mit-out sound」縮寫成MOS寫在劇本上。譯註：德文的「mit」意同英文的「with」，MOS的縮寫由此而來。

> EXT. 迪士尼樂園 — 靠近飛濺山處 — 白天（家庭攝影機）
> EXT. DISNEYLAND - NEAR SPLASH MOUNTAIN - DAY (HOME VIDEO)
>
> EXT. 達拉斯教科書倉庫大樓 — 視角在約翰甘迺迪總統坐於頂蓋敞開的敞篷車 — 白天（黑白）
> EXT. DALLAS BOOK DEPOSITORY - ON JFK IN OPEN CONVERTIBLE - DAY (BLACK AND WHITE)
>
> INT. 劇院 — 舞台上 — 夜晚（無音效）
> INT. THEATER - ON STAGE - NIGHT (MOS)

隨著肢體動作的伸展，演員們張開的雙唇吐出台詞。歌手大展歌喉，舞者翩翩起舞。然而我們沒有聽見來自這些演出的任何聲響。耳中聽到的是只聞其聲而不見其人的「叮叮叮」玩具鋼琴聲，聲音的出處秘而不宣。

> EXT. 中央公園 — 聖誕節當晚（下雪）
> EXT. CENTRAL PARK - CHRISTMAS NIGHT (SNOW)

```
INT. 東方快車 ─ 白天（下雨）
INT. ORIENT EXPRESS - DAY (RAIN)

EXT. 芝加哥世界展覽會 ─ 白天（舊新聞錄像）
EXT. CHICAGO WORLD'S FAIR - DAY (NEWSREEL
FOOTAGE)

子彈特寫（慢動作）
CLOSE ON BULLET (SLOW MOTION)

EXT. 賽車場跑道 ─ 騰空而起的車身 ─ 白天（慢動作）
EXT. RACE TRACK - AIRBORNE STOCK CAR - DAY
(SLOW MOTION)

孩子的生日派對 ─ 白天（1996年）（八釐米）
CHILD'S BIRTHDAY PARTY - DAY (1966) (8MM)
```

請注意以上的這些範例：故事發生的時間要放在前面，額外的修飾詞語、訊息或是括號內的補充訊息接在後面。

如何在場景標題內排列訊息

如我先前所提過的，一個場景標題包含的訊息可以多達五種不同的類型：(1) 室內室外；(2) 地點；(3) 拍攝類型；(4) 拍攝主體；(5) 時間。**這些訊息應該精確地如以上的順序排列。**

(1)INT. (2)趣味迷宮 ─ (3)中景 ─ (4)威波先生 ─ (5)夜晚

如果這五種類別的訊息都出現在場景標題中，而且某些訊息類別包含相當多的資訊內容，可能會讓場景標題看起來太長一串：

⁽¹⁾⊥NT. ⁽²⁾趣味迷宮 — 搖搖欲墜的建築物後方 — 鏡廳 — ⁽³⁾緩慢的追蹤鏡頭 — ⁽⁴⁾威波先生、威波太太以及小威斯特威波 — ⁽⁵⁾夜晚（持續動作）（黑白）

請注意，即使在這種長度不正常且內容繁雜的場景標題中，訊息也應該要依據既定的順序排列。

當然，有許多場景標題可能只包含一個單一或不到五種的訊息類別。請記得，道理都是相同的。只需根據以上的順序規則安插你的訊息就可以了：

⁽¹⁾⊥NT. ⁽²⁾趣味迷宮 — ⁽⁵⁾夜晚

⁽³⁾中景 — ⁽⁴⁾威波先生

⁽⁴⁾威波

如何決定場景標題的內容

劇作家有時候不免納悶，場景標題到底該涵蓋多少訊息呢？許多作家會在場景標題中加入太多訊息，而且這些訊息很多都是不必要且多餘的，使得劇本看起來雜亂不堪而且難以閱讀。反之，也有些劇作家提供的資訊太少，讓讀者感到困惑不堪。**場景標題的目的應該是要以最少字數的文字敘述，提供最明確簡潔的重要訊息。**以下三大準則告訴你場景標題該包含多少內容，以及如何縮減場景標題長度。

1. 一旦故事場地與前一幕的地點不同，或者故事發生時間與前一幕不相同時，先在連續鏡頭的場景標題開頭點明室內（INT.）或室外（EXT.），加上地點，再來則附上時間：

> INT. 白宮 — 總統辦公室 — 白天

這些通常被稱為主要場景標題。

2. 如果有特殊鏡頭緊接著出現在某主要場景標題拍攝之後，在故事發生地點或時間點不變的情況下，就不需要重複指示出地點和時間。

上一個例子裡的主要場景標題可以接續如下任一種拍攝指示：

> 視角在總統的辦公桌（ANGLE ON PRESIDENT'S DESK）
>
> 中景 — 巴特雷特總統（MED. SHOT - PRESIDENT BARTLETT）
>
> 里歐（LEO）

3. 場景標題越短越好。

一般來說，字數減少時，劇本的易讀性就會增加，這也是規則二如此重要的原因。不斷重複把「INT. 白宮 — 總統辦公室」等放進次要場景標題，會把「里歐」這樣原本簡單的訊息變成一長串拗口的「INT. 白宮 — 總統辦公室 — 里歐 — 白天」。顯而易見，這不只強迫讀者消化不必要的文字，也使該場景標題中最重要的焦點——「里歐」被模糊化。不僅如此，這也打破了持續進行中主要場景的連貫性，還可能讓讀者誤以為場景時間有所更改，不但延宕並干擾閱讀，甚至會惹毛那些忙碌的讀者。

場景標題內有關拍攝鏡頭的訊息往往可以略過不提。比起單純的「里歐」，極少時候會有寫出「全景 — 里歐」或「中景 — 里歐」的必要。但是如果基於敘述與表現故事的理由而需要使用某種拍攝方式時，像是主觀鏡頭或特寫，則必須將鏡頭名稱納入場景標題。但**如果沒有任何強而有力的原因需要指定某一種拍攝類型，請省省事**，將這個部分留給導演處理吧。

如何決定何時要寫新的場景標題

過多或過少的場景標題同樣都會為劇作家和讀者造成困擾。數量太多的場景標題使劇本看起來雜亂不堪，也會使劇作家給人不專業的印象。過少的場景標題除了可能會使讀者感到困惑，也會在影片即將開始拍攝前讓工作人員大感頭痛。大體來說，請只在有需要的時候插入新的場景標題。關於場景標題的必要性，請參考這三個原則：

1. 當鏡頭變換地點或時間時，插入一個場景標題

打個比方，當鏡頭原本在總統辦公室內：「INT. 總統辦公室 — 白天」，然後要切換場景到林肯紀念中心時，我們需要加一個新的場景標題來說明地點轉換，直接明確的範例是這樣：「EXT. 林肯紀念中心 — 白天」。

再來看另一個例子：鏡頭原本在總統辦公室內，然後我們要切換至另一個場景，但是地點相同（仍舊是總統辦公室），只是故事時間是上一個場景的 90 分鐘後。這時我們需要添加一個新的場景標題，譬如：「INT. 總統辦公室 — 90 分鐘後」或「SAME — 90 分鐘後」。

當主角從一個地點移動到另一個地點時，作者們可能會不確定該如何加入這種訊息。以下的格式是不正確的：

INT． 喬細亞的露營車 ─ 夜晚

老人為自己倒了杯咖啡後，走出車外。他步履艱難的走下樓梯，然後抬起頭仰望著夜空裡的星星。

以上的敘述很明顯地少了一個場景標題，來說明喬細亞從室內場景轉換到戶外場景，而這種轉換有可能會轉換成完全不同的地點和時間。為了避免誤解，場景標題的順序應該要調整如下：

INT． 喬細亞的露營車 ─ 夜晚

老人為自己倒了杯咖啡後，走出車外。

EXT． 露營車 ─ 夜晚

他步履艱難的走下樓梯，然後抬起頭仰望著夜空裡的星星。

2. 為視覺闡述故事增添新的場景標題

把想像的故事場面視覺化是劇作家的任務之一，而場景標題是完成此任務不可或缺的其中一項重要工具。我們在前面已經探討過不同種類的場景拍攝，包括主觀鏡頭、特寫、遠景、追蹤鏡頭、向上視角拍攝、向下視角拍攝等等。當視覺焦點必須集中在某一個體積嬌小的物體或很小的細節上，極特寫鏡頭是最為合適不過的選擇。在其他情況下，譬如是有兩個角色對話的一般場景，就沒有必要使用任何突顯視覺細節的拍攝方式，只要在一

開頭使用主要場景標題描述就已經足夠了。請記住,請在只有特殊視覺效果的強烈需求出現時,再加入相符的特定場景標題。

3. 有邏輯上的需求時,可增添場景標題

有時候僅僅是因為邏輯的關係而需要加入一個新的場景標題。舉例來說,在「威瑪的主觀鏡頭」之後,在邏輯上需要加入「回到場景」這個場景標題,才能讓威瑪再度重新現身在螢幕上。再舉個相似的例子:拍攝場景標題「極特寫在小蟲的小腳趾上」後,因為邏輯的緣故,我們需要加一個新的場景標題,才好讓大峽谷的鏡頭可以重現螢幕。

4. 沒有新的場景時,不要額外增添場景標題

有時候劇作家會在只有鏡頭移動的狀況下就另設一個場景標題。以下的例子就是錯誤示範:

> INT. 潛水艇 — 廚房 — 夜晚
>
> 奈森和他的手下正搶著救火。他們知道如果想保命,勢必得撲滅繼續蔓延的火勢。但他們都被濃煙嗆得呼吸困難,眼看是贏不了這場與祝融的戰爭了。
>
> 橫搖擺鏡到恩賽梅南得斯
>
> 他領著一群額外的船員加入救火。
>
> INT. SUBMARINE - GALLEY - NIGHT
>
> Nason and his guys fight the fire. They know that at this depth, they're fighting for their lives. But they're choking on the smoke. And they're losing the battle.

```
PAN TO ENSIGN MENENDEZ

Leading in a fresh contingent of men to join
the fight.
```

橫搖是指攝影機在目前拍攝中的場景橫向移動，邏輯上來說根本沒有必要
再為此添加一個新的場景標題。因此，正確的順序格式應該如下：

```
INT. 潛水艇 ── 廚房 ── 夜晚
```

奈森和他的手下正搶著救火。他們知道如果想保命，勢必得撲滅
繼續蔓延的火勢。但他們都被濃煙嗆得呼吸困難，眼看是贏不了
這場與祝融的戰爭了。橫搖到恩賽梅南得斯，他領著一群額外的
船員加入救火。

```
INT. SUBMARINE - GALLEY - NIGHT

Nason and his guys fight the fire. They know
that at this depth, they're fighting for their
lives. But they're choking on the smoke. And
they're losing the battle. PAN TO Ensign
Menendez, leading in a fresh contingent of men
to join the fight.
```

其他基於邏輯考量而不需要增加新場景標題的常見運鏡方式，還包括焦點
轉移（RACK FOCUS TO）、抬鏡或稱直搖（TILT）、橫搖（PAN）、伸縮
鏡（ZOOM）以及追蹤鏡頭（TRACK TO）。

然而這個規則並非毫無例外，而且這個例外非常重要：當開始使用特寫或
極特寫拍攝，然後將鏡頭拉回來以顯示我們在一個全新的場景時，基於現
實考量（也就是製作人員需要給新的地點一個新的主要鏡頭），便要添加
一個新的場景標題。

以下是不正確的例子：

　　極特寫 ── 女人的拳頭

　　她張開手掌，秀出手裡握著的房門鑰匙。她將鑰匙插入門把。鏡頭往後拉攝入朵蒂開啟法蘭克房子的前門。朵蒂不請自入。

　　EXTREME CLOSEUP - WOMAN'S FIST

　　opens to show she holds a house key. She inserts it in a doorknob. PULL BACK to reveal Dotty opening the front door of Frank's house. Dotty lets herself in.

應該這麼寫：

　　極特寫 ── 女人的拳頭

　　她張開手掌，秀出手裡握著房門鑰匙。她將鑰匙插入門把。鏡頭往後拉攝入：

　　EXT. 法蘭克的房子

　　朵蒂開啟了房子的前門，不請自入。

　　EXTREME CLOSEUP - WOMAN'S FIST

　　opens to show she holds a house key. She inserts it in a doorknob. PULL BACK to reveal:

　　EXT. FRANK'S HOUSE

　　Dotty opens the front door and lets herself in.

5. 增添場景標題將故事情節較長的段落拆解，同時也可加快故事的節奏

問題：由於中間插入的對白會在頁面形成欄狀的段落，劇本頁面通常看起來有相當多的的空白部分。而在場景標題、場景更換以及一些較短段落等等的前後留白，也使得一個典型的劇本頁面有充裕的空白空間，看起來簡潔舒適，閱讀起來流暢輕鬆。相較之下，一長串的連續故事發展，尤其最可能是大銀幕上看來節奏最緊湊的那一部分，在劇本頁面上看起來就像是一大堆無趣的文字擁塞地擠在一起。因此，如果在情節緊湊的場景使用太多文句進行描述，而佔用了太多的頁面空間，反而會拖垮既有的故事節奏，讓讀者不想細讀，或乾脆整段跳過。

解決方法：用很短的場景標題來重新建構劇本應有的空白空間，同時增加易讀性。請參考以下這個連續鏡頭的例子，比較它們使用場景標題的不同方式。第一個方式是只用一個主要場景標題，第二個方式是插入額外的場景標題，將段落拆解開。

INT. 停車大樓 — 白天

一台車身光潔的露營車呼嘯地衝下斜坡進入地下停車場，三台警車緊追其後。麥可用力地把方向盤往右打到底，露營車急轉的同時，輪胎發出刺耳的噪音。麥可的視線前方出現了低懸的水泥樑柱，他們的高度低到無法讓任何大型車輛安全通過。在車身受到一陣猛烈的衝擊時，麥可連忙低下頭閃避來自頭頂上方的危機。伴隨著銳利的金屬聲，建築物的天花板粗魯地將露營車的車頂給掀開，而這一大片被擠壓成皺巴巴的金屬掉落在後方緊跟著的警車引擎蓋上，發出砰砰巨響。一個警察抓起獵槍朝著他的窗外射擊。嘩啦一聲，麥可的車窗玻璃四處飛濺。情急之下他連忙向左急轉，朝著另一條斜坡衝去，但由於時間緊迫，他沒能拿捏好距離，因此露營車車身外側的一條金屬板被刮得捲曲了起來，像極了一片被剝開的橘子皮。麥可開著他的無頂車朝著停車場深處繼

續猛衝，他的頭髮在空中散亂地飛舞著。在坡道底部，交錯縱橫的鋼管遍佈在低低的天花板上，當露營車殘破的車身摩擦著這些鋼管而行，車體的高度被削得更短了，碎片殘骸飛得到處都是，隔熱材料的碎片、動物娃娃、廚具等等全部四下亂飛。一片混亂中，一台微波爐掉到一台警車的引擎蓋上，再度彈起時打穿了擋風玻璃，然後著陸在無人的副駕駛座位上。麥克找到了一條通往地面的逃生坡道，也終於能擺脫警方的追逐。他駕駛著這輛被摧殘得體無完膚的車—這個他曾經引以為豪的家—奔向天日，也奔向自由。

雖然這種拙寫拍成影片後，在螢幕上看起來會很有意思，但在劇本頁面上看起來卻很糟。同樣的故事場景，我們可以把它分割成段落來描寫，以置入的場景標題來取代整個大環節裡面較小的動作敘述：

INT. 停車大樓 — 白天

用力地把方向盤往右打到底，然後：

露營車

急轉，輪胎發出刺耳的噪音。前方出現了低懸的水泥樑柱，他們的高度低到無法讓任何大型車輛安全通過。

麥可

低下頭閃避來自頭頂上方的危機。伴隨著銳利的金屬聲，建築物的天花板粗魯地將露營車的車頂給掀開。

被擠壓得皺巴巴的金屬片

掉落在後方緊跟著的警車引擎蓋上，發出砰砰巨響。一個警察抓起獵槍朝著他的窗外射擊。

視角在麥可上

麥可的車窗玻璃四處飛濺。他連忙向左急轉，朝著另一條斜坡衝去，但沒能拿捏好距離。

車身外側的一條金屬板

被刮得捲曲了起來，像極了一片被剝開的橘子皮。

麥可

開著他的空頂車朝著停車場深處繼續猛衝，他的頭髮在空中散亂地飛舞著。

坡道底部

交錯縱橫的鋼管遍佈在低低的天花板上，露營車殘破的車身摩擦著這些鋼管而行，車體的高度被削得更短了。

露營車後方

碎片殘骸飛得到處都是，隔熱材料的碎片、動物娃娃、廚具等等全部四下亂飛。一台微波爐掉到一台警車的引擎蓋上，再度彈起時打穿了擋風玻璃，然後著陸在無人的乘客座位上。

麥可

找到了一條通往地面的逃生坡道，也終於能擺脫警方的追逐。他駕駛著這輛被摧殘得體無完膚的車—這個他曾經引以為豪的家—奔向天日，也奔向自由。

INT. PARKING STRUCTURE - DAY

The immaculate MOTOR HOME ROARS down the ramp into the underground garage, followed by three squad cars.

MICHAEL

cranks the steering wheel hard to the right and:

MOTOR HOME

makes a SQUEALING turn. Ahead, a concrete beam hangs low. Too low for the high-profile vehicle.

MICHAEL

ducks at the moment of IMPACT. The ROOF PEELS OFF the motor home with a METALLIC SHRIEK.

CRUMPLED SHEET METAL

BANGS off the hood of a pursuing squad car. One of the cops slings a RIOT GUN out his window and FIRES.

ON MICHAEL

As the GLASS in his WINDOW EXPLODES. He makes a desperation left turn down another ramp but cuts the corner too close.

LONG SLAB OF METAL

CURLS AWAY from the side of the motor home like an orange peel.

MICHAEL

plunges his giant convertible deeper into the garage, his hair blowing in the open air.

AT BOTTOM OF RAMP

Steel pipes crisscross the low ceiling. What's left of the MOTOR HOME GRINDS against them and debris flies as the big vehicle gets chopped down even shorter.

BEHIND MOTOR HOME

Shreds of insulation, stuffed animals and cooking utensils fill the air. A microwave oven bounces onto the hood of a squad car and SMASHES through the WINDSHIELD, landing in the empty passenger seat.

MICHAEL

finds a ramp sloping up toward daylight and heads for freedom, no longer pursued, piloting the decimated chassis of what was once his proud home.

現在這段文字敘述看起來像是連續的一段故事情節，讀起來也比較像一個有序的動作發展。同時，這樣的頁面安排較能讓製片工作人員掌握將要拍攝的內容。然而對於想要控制劇本頁數的作者而言，以這種方式使用場景標題會產生一個問題：比起將文句全部都縮限在一個段落裡，這種方式會佔用比前者還多兩倍的劇本空間。

重要警告：基於所有以上提到的理由，你應該可以了解不是劇本的每一頁都要佈滿場景標題。請謹慎小心的使用這類型的場景標題，而且請在有正當理由時再使用。

場景標題內不該包含的內容

場景標題不該涵蓋以下內容：

1. 聲音或音效

聲音或音效應被放置在關於拍攝的指示內容中，而不是場景標題裡。

2. 動作

場景標題就像一個名詞，也就是關於拍攝的主體或是拍攝鏡頭的提要。跟動作有關的描寫應該隸屬在場景標題下面的指示訊息，如下：

MICHAEL

grips the steering wheel.

而不是：

MICHAEL GRIPS STEERING WHEEL

3. 定冠詞和冠詞 The, A 或是 An

場景標題會去掉冠詞或定冠詞來節省頁面空間。像是「特寫這個男人的手」（CLOSE ON THE MAN'S HAND），應該將其寫成「特寫男人的手」（CLOSE ON MAN'S HAND）；「EXT. 這間烘培坊」（EXT. THE BAKERY），只要寫「EXT. 烘培坊」（EXT. BAKERY）即可。

有時候省略冠詞會使得場景標題讀起來有點怪，在這種情況下，就不必刪去冠詞。

特殊場景順序的安排方式

一些特有的場景順序，譬如倒敘、夢境場景、分割畫面以及電話切換，需要以不同的描述方式來處理。

倒敘（flashbacks）和夢境場景（dream sequences）

倒敘是由一個或多個場景所組成，通常在故事的主要劇情開展之前出現。而夢境場景，顧名思義，是角色夢中的一個或多個場景。**使用倒敘時，「倒敘」這個字底下要加底線，同時要擺在場景標題的起始處，後面接著連字號**：

```
FLASHBACK — INT. 趣味迷宮 — 夜晚
FLASHBACK - INT. FUNHOUSE - NIGHT
```

夢境場景的設定方式也相同：

```
DREAM SEQUENCE — INT. 趣味迷宮 — 夜晚
DREAM SEQUENCE - INT. FUNHOUSE - NIGHT
```

劇作家約翰奧古斯特（作品《大智若魚》、《巧克力冒險工廠》）曾建議了一個他所使用，既清楚又簡潔的不同寫法：

```
INT. FUNHOUSE - NIGHT [FLASHBACK]
```

近期偶爾也有人使用記憶來襲（MEMORY HIT）以及記憶閃現（MEMORY FLASH）這兩個詞來描述短暫的倒敘片段：

MEMORY HIT —— 雪佛蘭科爾維特跑車

失去控制地衝撞。

- -

MEMORY FLASH

瑪莉莎受到衝擊頃刻間的面部表情。

想像場景（imagination sequences）也可以用夢境場景的方式來處理：

IAN'S IMAGINATION —— INT. 馬戲團帳棚內

結束倒敘和夢境場景

當一個倒敘或是夢境場景結束時，你可以由以下三個方式選擇如何收尾。
第一個很簡單，就是直接開始下一個場景：

DREAM SEQUENCE —— EXT. 摩天輪 —— 白天

賈許懸在空中，他的手指緊緊抓著離地面最高的那節車廂。梅蘭
妮坐在他上方的車內，她一根一根地撬開他緊握車廂的手指。突
然間，賈許的身體掉入無止盡的墜落循環……

INT. 科學教室 —— 白天

賈許驚醒，猛然從書桌上抬起頭來。他以極度懷疑的眼神盯著在
房間另一頭的梅蘭妮。

從內容可以很明顯地看出來夢境何時已經結束，所以不需要另外安排任何提示。但在其他較不明確的情況下，則要加入清楚的指示告知讀者倒敘或是夢境已結束。以下是第二種倒敘或夢境場景的收尾方式：

DREAM SEQUENCE — EXT. 摩天輪 — 白天

賈許懸在空中，他的手指緊緊抓著離地面最高的那節車廂。梅蘭妮坐在他上方的車內，她一根一根地撬開他緊握車廂的手指。突然間，賈許的身體掉入無止盡的墜落循環……

END DREAM SEQUENCE.

INT. 科學教室 — 白天

梅蘭妮從她的書本中抬起頭來，注意到賈許正盯著她看，他的眼神有點漂浮不定，好像才剛睡醒似的。他那極度懷疑的眼神讓人望而生畏。

我們也可以用同樣的方式處理倒敘的結尾：

FLASHBACK — EXT. 河岸

夏若蒂站著看那偌大的渡輪被火焰所吞噬，她的雙手摀住嘴巴，身子慢慢地軟倒在爛泥中。

EXT. 小鎮的公墓

六場葬禮同時進行，讓人充分地意識到這場災難是個多淒慘恐怖的悲劇。夏若蒂獨自站在新立的墳前，悲慟著死去的妹妹。

END FLASHBACK.

INT. 夏若蒂的房間 — 夜晚

她盯著鏡中自己的影像。

第三種結束倒敘的方法，是在倒敘內容之後緊接著的場景標題加入「BACK TO PRESENT」（回到現在）一詞，如下：

FLASHBACK － EXT. 河岸

夏若蒂站著看那偌大的渡輪被火焰所吞噬，她的雙手搗住嘴巴，身子慢慢地軟倒在爛泥中。

EXT. 小鎮的公墓

六場葬禮同時進行，讓人充分地意識到這場災難是多淒慘恐怖的悲劇。夏若蒂獨自站在新立的墳前，悲慟著死去的妹妹。

INT. 夏若蒂的房間 － 夜晚（BACK TO PRESENT）

她盯著鏡中自己的影像。

注意倒敘（FLASHBACK）是一個詞，不能分開書寫。然後，即使整個連續鏡頭包含多個場景，也只需要加入整個倒敘場景的一開頭即可，夢境場景也請以同樣方式處理，點出一次就好。

蒙太奇（Montages）和系列鏡頭（Series of shots）

蒙太奇是由一系列簡短的影像組合而成，通常伴隨音樂或音效，它的目的是用來表現時間的流逝、呈現角色的計畫、角色的演變，或故事角色之間關係的發展狀況等等。一系列的鏡頭拍攝也能執行類似的功用。儘管正統主義者會爭辯這兩者之間有非常重大的差異，但是因為這個爭論已經超出本書的討論範圍，所以針對這點，我們就此打住。至少在寫作格式上，蒙太奇和系列鏡頭是完全一樣的，這點無可否認。

它們的寫法很簡單，在蒙太奇的場景標題裡加入「蒙太奇」一詞，同理，將「系列鏡頭」一詞加入系列鏡頭的場景標題中。

不論你使用蒙太奇或是系列鏡頭，一律在場景標題之後接著描述拍攝內容。以下是蒙太奇的例子：

巴黎周邊 — MONTAGE

吉姆和安潔拉坐在咖啡館，啜飲著咖啡，彼此試探著對方的心意。

他們走進奧賽美術館，停在梵谷的畫前，沈浸在熱烈的討論中。他們對於在彼此身上所發掘出的新事物感到十分驚喜。

他們攀爬著艾菲爾鐵塔那似乎永無止盡的鐵梯。漸漸的，她感到有點力不從心。他看出來她有點累了，體貼地朝她伸出他的手。她把手放在他的掌心中，他便牽著她一路往上爬。

他們站在新橋上，一同注視著經他們腳下緩緩流過的塞納河。太陽即將落入地平線，宣告這一日的終了。安潔拉深深地看著吉姆的雙眼，然後她踮起腳尖，給了他一個溫柔的初吻。

以下是系列鏡頭的例子：

SERIES OF SHOTS

約翰粗暴地翻搜老道奇車的置物箱。他從裡頭找出一盒火柴。

他四處搜尋，在屋後的一堆垃圾裡找到一些舊報紙。

他將報紙撕碎後，把碎片揉成紮實的球狀。

他將紙球塞進房子底下黑漆漆的空間裡。

他劃了一根火柴點燃了那團紙。

他坐在他的道奇車裡，看著房子起火燃燒。

以上例子裡的一個段落就代表蒙太奇或系列鏡頭中的一個場景或鏡頭，這個是最簡單的寫作格式。另一種寫作方式則是將蒙太奇或系列鏡頭裡的每個場景或鏡頭都加上自己的場景標題，並依序在前面標上Ａ、Ｂ、Ｃ等字母，然後每個場景標題和故事敘述都起始於正規的頁邊留白再加三個空白格（半形空格）的地方：

巴黎周邊 ── MONTAGE

A) EXT. 咖啡館 ── 白天

吉姆和安潔拉坐著啜飲咖啡，彼此試探著對方的心意。

B) INT. 奧賽美術館 ── 白天

他們在美術館內走了一圈，然後停在梵谷的畫前，沈浸在熱烈的討論中。他們對於在彼此身上所發掘出的新事物感到十分驚喜。

C) EXT. 艾菲爾鐵塔 ── 白天

他們攀爬著艾菲爾鐵塔那似乎永無止盡的鐵梯。漸漸的，她感到有點力不從心。他看出來她有點累了，體貼地朝她伸出他的手。她把手放在他的掌心中，他便牽著她一路往上爬。

D) EXT. 塞納河 ── 薄暮

他們站在新橋上，一同注視著經他們腳下緩緩流過的塞納河。太陽即將落入地平線，宣告這一日的終了。安潔拉深深地看著吉姆的雙眼，然後她踮起腳尖，給了他一個溫柔的初吻。

這兩個寫作方式除了都清楚地表示每個獨立鏡頭的內容，以及是包含在蒙太奇或是系列鏡頭中的所有拍攝場景，同時也明確地指出這些鏡頭的收尾處，讓讀者可以一目瞭然，輕鬆掌握場景的安排。

切換鏡頭（Intercut sequences）

切換鏡頭是指連續在兩個至多個場景間互相切換，最常使用在接聽電話的場景，以呈現通話對象及對白內容。請注意，每個（通話）地點都要有自己的場景標題，同時必須加入「切換」（INTERCUT）一詞。在此之後，所有的對白內容寫作方式便如同這些角色身在同一個場地似的，非常簡單。此外，對白中不需要加註「（V.O.）」在角色名字旁邊。如下：

INT. 瑪麗安的廚房 — 早晨

她撥了通電話。

INT. 馬克的辦公室 — 同時

他的電話開始鈴聲大作。他走過去接起電話。

馬克
馬克麥克森聯營公司。

切換電話對談（INTERCUT telephone conversation）

瑪麗安
馬克？我是瑪麗安。你好嗎？

馬克
還不錯。我很高興妳打電話來。送貨員剛剛
送來妳的支票。

同樣的對白也可以用另一種格式來書寫：

INT. 瑪麗安的廚房 ── 早晨

她撥了通電話。切換至（INTERCUT WITH）：

INT. 馬克的辦公室 ── 同時

他的電話開始鈴聲大作。他走過去接電話。

>馬克
>
>馬克麥克森合作公司。

>瑪麗安
>
>馬克？我是瑪麗安。你好嗎？

>馬克
>
>還不錯。我很高興妳打電話來。送貨員剛剛
>送來妳的支票。

簡訊和即時訊息、來電者姓名和email

不需要針對這些通訊內容特別新增一個場景標題，而是將如何呈現這些訊息的方式寫在指示內容裡面。關於這部分我們會在「指示內容」這一章來做說明。

分割畫面（Split screen sequences）

分割畫面是指兩個至多個拍攝場景同時出現在螢幕上，而螢幕可能被分割為左右兩邊，或分為四等份，或像棋盤格大小般的影像。以下是分割畫面的場景標題的寫法，這個例子包含兩個拍攝鏡頭：

INT． 加油站的廁所／INT． 第五大道上的法律事務所 ─
SPLIT SCREEN ─ 白天

米洛全身上下只穿著四角褲，拿著手機在髒兮兮的馬桶旁不停地
擺動他的手機，瘋狂地試著接收訊號。辦公室裡，他的所有下屬
也都拼命地在尋找那份失蹤的報告。

在場景標題中大寫麥當勞和德芙蘭斯

當場景標題中出現像麥當勞（McDonald's）以及德芙蘭斯（DeVries）這
種專有名詞時，為了能夠便於辨視，必須以大寫寫出名稱。

INT. McDONALD'S RESTAURANT ─ CLOSE ON DeVRIES
　　（McDONALD'S的c及DeVRIES的e都需按照它們商標而小
　　寫）

不要在場景標題後分頁

不要在寫出場景標題之後立即分頁。在分頁之前至少在場景標題下加一句
關於指示內容的完整句子，或是對白中的一句話。例如：

EXT． 越野機車比賽場地 ─ 白天

賽車群呼嘯而過。
　　　　　　　　　　　　　── 分頁 ──
車輪所行經之處塵土漫天飛揚。

該規則有一例外，就是當場景標題只跟著一個場景時：

　　EXT．麥可葛瑞格豪宅 ── 夜晚（定場鏡頭）
────────────────── 分頁 ──────────────────
　　INT．麥可葛瑞格豪宅 ── 夜晚

　　派對正歡樂地進行中。

場景標題和場景之間的留白空間

目前的慣用做法是在每個新的場景標題前使用兩倍行距（也就是中間空一行）或是三倍行距（即空兩行）。你可以這麼寫：

　　EXT．咖啡店 ── 白天
　　米克和米恩走進咖啡店。
　　INT．咖啡店 ── 白天
　　他們找位子坐下來。

或是如以下寫法：

　　EXT．咖啡店 ── 白天
　　米克和米恩走進咖啡店。

　　INT．咖啡店 ── 白天
　　他們找位子坐下來。

第一個寫法可以讓劇本頁面容納較多的內容。第二種寫法則使頁面增加較多空白空間，看起來比較好閱讀。

第三個方法是在每一個主要場景的場景標題前空兩行，而包含在這個主要場景裡面的次要場景，其場景標題前面則是空一行。

INT． 咖啡店 — 白天

他們找位子坐下來。米克注意到桌面有些異樣。

插入 — 桌面

有什麼東西被刻劃在桌面上。仔細一看，原來是英文字母X、G和Z。

回到場景

他眉頭一皺，感覺事情並不單純。他匆匆在餐巾紙上寫下這些字母。

EXT． 咖啡店

米克衝向他的車子。

INT． 警察局

米克大步走進分局裡。

INT. COFFEE SHOP - DAY

They sit down. Mick notices something on the table.

INSERT - TABLETOP

Something scratched into the finish. The
letters X, G and Z.

BACK TO SCENE

He frowns. Jots the letters on a napkin.

EXT. COFFEE SHOP

Mick runs for his car.

INT. POLICE PRECINCT

Mick strides in.

非標準場景標題的錯誤大全

以下的場景標題範例都沒有依照標準格式來寫：每個場景標題下方都有對
錯誤寫法的探討，後面再附上正確寫法：

EXT. MERCEDES - INTERSTATE 70
EXT. 賓士車 ── 州際70號公路

　　※應該遵從大範圍到小範圍的規則：「EXT. INTERSTATE
　　70 - MERCEDES」。

EXT. APARTMENT - SPRING - 1965 - DAWN
EXT. 公寓 ── 春天 ── 1965 ── 破曉

　　※只能寫一個主要的時間代表，其他的訊息需寫在之後的括
　　號內：「EXT. APARTMENT - DAWN (SPRING 1965)」。

INT. TENEMENT APARTMENT - DETROIT - NIGHT
INT. 殘破的公寓大樓 — 底特律 — 夜晚

　　※城市的名字應該寫在括號裡：「INT. TENEMENT
　　APARTMENT (DETROIT) - NIGHT」。

INT. PLAYBOY MANSION/KITCHEN - DAY
INT. 花花公子豪宅／廚房 — 白天

　　※當你從大範圍到小範圍，要用連字號來分隔地點：「INT.
　　PLAYBOY MANSION - KITCHEN - DAY」。

EXT. THE FRONT OF THE BAR
那個酒吧的前庭

　　※省略冠詞：「EXT. FRONT OF BAR」。

ANGLE ON BLENDER SPINNING AND SPINNING
視角在攪拌機的快速旋轉

　　※把場景標題中的動作移除：「ANGLE ON BLENDER」，
　　把「Spinning and spinning」放在場景標題下的指示
　　內容裡。

MONTAGE

　　※只有倒敘（FLASHBACKS）或夢境場景（DREAM
　　SEQUENCES）這兩個名詞需要加底線，這裡要把底線移除。

CLOSE ON: ASTRONAUT JOHN GLENN
CLOSE ON：太空人約翰格倫

　　※拿掉冒號，正確寫法為：「CLOSE ON ASTRONAUT
　　JOHN GLENN」。

Angle on:

Mike lifting the heavy beam off Otto.

視角在：

麥可努力地把壓在歐托身上的橫梁舉起來。

> ※喔不，應該這麼寫：「ANGLE ON MIKE」，然後將
> 「Lifting the heavy beam off Otto」放在場景標
> 題之後的指示內容裡。

EXT. LAUNCH PAD -- SPACE SHUTTLE ENDEAVOR --
CONTINUOUS

EXT. 火箭發射台 —— 奮進號太空梭 —— 持續

> ※用一個英文半形連字號（hyphen），而不是一個英文破折
> 號（dash）來做間格（使用方式為空白格、連字號、空白
> 格）。正確寫法為：「EXT. LAUNCH PAD - SPACE
> SHUTTLE ENDEAVOR - CONTINUOUS」。

I./E. MOLLY'S VW - DAY

I./E. 茉莉的福斯汽車 — 白天

> ※室內／室外在劇本寫作的正確縮寫方式是INT.／EXT.，
> 所以這裡的正確寫法為：「INT./EXT. MOLLY'S VW -
> DAY」。

INT. - PHONE BOOTH - MOMENTS LATER

INT. — 電話亭 — 過了一段時間

> ※INT.或EXT.後面不要放連字號，正確寫法為：「INT.
> PHONE BOOTH - MOMENTS LATER」。

EXT. PHIL'S APARTMENT - HALLWAY
EXT. 菲爾的公寓 — 走廊

※走廊雖然在菲爾的公寓房門外，但因為是在建築物內部，所以屬於室內場景。正確寫法為：「INT. HALLWAY - OUTSIDE PHIL'S APARTMENT」。

A LONG STRETCH OF DESERT HIGHWAY - ARIZONA DESERT - NOON
一條長不見底的沙漠公路 — 亞利桑那沙漠 — 中午

※去掉冠詞「A」，然後將景點由大範圍縮到小範圍來排序。正確寫法為：「EXT. ARIZONA DESERT - LONG STRETCH OF DESERT HIGHWAY - NOON」。

INT. - MED. SHOT - BECKMAN - DAY
INT. — MED. SHOT — 貝克曼 — 白天

※INT. 或 EXT. 後面需要指定地點來搭配使用。正確寫法為：「INT. RESTAURANT - MED. SHOT - BECKMAN - DAY」。

一聲巨響

※聲音不會出現在場景標題裡。因為你無法拍攝一個巨大的聲響。你有看到過任何聲音嗎？

EXT. DOWNTOWN CHICAGO - A HOT JULY AFTERNOON - MUSIC OVER
EXT. 芝加哥市中心 — 一個炎熱的七月午後 — 優美的音樂瀰漫在空氣中

※去掉冠詞「A」，並且把「MUSIC OVER」放在場景標題之後的指示內容裡。正確標題寫法為：「EXT. DOWNTOWN CHICAGO - HOT JULY AFTERNOON.」。

CLOSE ─ ON YOUNG ENGLISH BOY（在年輕的英國小男孩上）

※不需要在「CLOSE」和「ON」之間加連字號，正確寫法為：「CLOSE ON YOUNG ENGLISH BOY」。

INT. BASEMENT, VICTOR'S PLACE
（INT. 地下室，老維的餐館）

※地點永遠都是從大範圍到小範圍，並用連字號來分開。正確寫法為：「INT. VICTOR'S PLACE - BASEMENT」。

MED. SHOT

※拍攝什麼的中景呢？正確寫法為：「MED. SHOT - BRONCO BILLY」。

INT. EXTREME WIDE ANGLE - LIVING ROOM - DAY
（INT. EXTREME WIDE ANGLE ─ 客廳 ─ 白天）

※請依既定的場景標題規則做排列。正確寫法為：「INT. LIVING ROOM - EXTREME WIDE ANGLE - DAY」。

REVERSE ANGLE - EXT. COW PASTURE
REVERSE ANGLE ─ EXT. ─ 乳牛牧場

※同樣地，請依正確的既定格式來排列。正確寫法為：「EXT. COW PASTURE - REVERSE ANGLE」。

有關場景標題的 Q&A

Q1：光是有關場景標題你就寫了將近60頁。請問就私人層面而言，你或你的太太會為此感到煩惱嗎？

A：我為此感到非常煩惱。但我太太很久之前就開始為此苦惱了。

Q2：什麼是專業場景格式？這是不是待售劇本的正確寫作格式？

A：專業場景格式是指囊括最少場景標題的劇本寫作方式，一個場景只搭配一個標題，而且標題內容只有場景地點以及時間，像是「INT. 摩登原始人的屋子 ― 夜晚」，或是「EXT. 玫瑰花車遊行 ― 白天」。嚴格來說，一個完全以專業場景格式來書寫的劇本不會對每個獨立鏡頭加註場景標題。對於獨立鏡頭的拍攝方式或影片呈現方式，可能會在指示內容裡加以暗示，但絕對不會直接寫在場景標題裡頭。有些人認為待售劇本應該按照此格式來書寫，乍聽之下這個主意好像不錯，但是它卻不全然正確。沒錯，無論是待售劇本或是已進入製作程序的劇本，都應該越少場景標題越好，而且太多的獨立拍攝鏡頭的確會拖延故事的腳步。但有些時候除了主要場景標題，還是有增加次要場景標題的必要性。因此劇作家們，千萬別因為一昧地遵從專業場景的寫作格式，而放棄了你展現創作才華的機會。

Q3：我是一個編劇兼導演，所以我完全知道我應該如何拍攝每一個場景。我可以寫下每一個鏡頭的拍攝方式，讓審稿者能夠視覺化我的電影架構嗎？我想要證明我是這部電影的最佳導演人選。

A：如果你把所有的場景標題都寫進劇本裡，會使你的劇本變得難以閱讀。你只證明了一件事，那就是你不懂如何寫專業的劇本。

Q4：你花了許多頁介紹不同的拍攝種類，讓我感到十分恐慌。因為我不是電影攝影師。我是否該使用所有這些不同的拍攝方法呢（中景、兩人景、追蹤鏡頭等等）？

A：不，我確定我此生中從沒用過中景鏡頭。我建議你，劇本內容只能是你所能駕馭的內容，即使這代表整個劇本裡可能沒有半個「切換場景」或「主觀鏡頭」。而在這個電影或電視越來越走向多元視覺化的世代，有時候作者會需要用特殊的拍攝手法，才能表現特定的場景。如同劇作家對那個他費了一番苦心才創造出的角色了然於胸一般，他們也應該要非常清楚使用某種特定拍攝手法的必要性，因此，當這些拍攝方法應用在敘述故事上時，他們的重要性等同角色對白和指示內容。基於這個理由，這本寫作指引包含了不同拍攝鏡頭的用法說明，以利讀者用清晰、專業的方式來描寫他們的故事。但請別誤會！不是所有不同的拍攝鏡頭都需要出現在每一個劇本裡。相反地，只有在敘述故事有必要的情況，才酌情使用特殊鏡頭。

03 指示內容
DIRECTION

指示內容又稱為動作或是描述，是以一段文字描述拍攝中或場景中所能看到的畫面或是聽到的聲音。指示內容可以包含對角色的介紹或描述、描寫角色的動作或行為、聲音或是音效、視覺效果、以及攝影機拍攝指示等。簡而言之，指示內容告訴了我們「現在發生了什麼事」。

指示內容一向都以現在式書寫：

> 莉迪亞從斷崖上縱身往下一跳，如自由落體般地沿著懸崖壁往下墜落，在數完折磨人的七秒後，她拉下降落傘的開傘索。一秒過後，黃色的傘衣彷彿花朵綻放般的在她上方打開。

```
Lydia leaps from the precipice and free-falls
down the cliff face, counting seven agonizing
seconds before pulling the rip chord. A second
later, the yellow canopy blossoms above her.
```

而不是：

```
Lydia leapt from the precipice and free-fell
down the cliff face, counting seven agonizing
seconds before pulling the rip chord. A second
later, the yellow canopy blossomed above her.
```

指示內容通常偏向使用簡短、直白的句子，並盡可能用最少的字彙來描繪畫面。

指示內容中的段落

在同一個場景標題下的指示內容，要全部放在同一個段落裡：

> 莉迪亞落地後不斷地翻滾著。可是當降落傘的傘衣被風再度吹動時，她也馬上被拉得站了起來。她奮力想掙脫降落傘的束縛，抽出身上的一把刀往拉繩劈了下去。她身後的樹叢有點動靜。莉迪亞脫身後，黃色的降落傘也被風吹走了。她把刀子握在身前，轉向後方的樹叢。

你也可以將這個段落分成數小段：

> 莉迪亞落地後不斷地翻滾著。可是當降落傘的傘衣被風再度吹動時，她也馬上被拉得站了起來。
>
> 莉迪亞奮力想掙脫降落傘的束縛，抽出身上的一把刀往拉繩劈了下去。
>
> 她身後的樹叢有點動靜。
>
> 莉迪亞脫身後，黃色的降落傘也被風吹走了。她把刀子握在身前，轉向後方的樹叢。

將一個大段落切割成數個小段落的優點，是使文字看起來較容易閱讀，加強閱讀的流暢感，而且較多的空白也讓頁面看起來較寬敞而不具壓迫感。有技巧且明智的把指示內容分段有另一個更重要的優點，是可以憑藉較少的場景標題去引導讀者視覺上的想像。參考以下的例子，並注意如何在不

使用場景標題的狀況下，卻依然能夠呈現特定的連續視覺拍攝：

> 比利打開釣具箱查看內部。
>
> 他的手指掃開成團的魚餌和將打結的釣線，露出那枚失蹤的一分錢硬幣。
>
> 比利的臉充滿疑惑。

這種寫作方式的缺點就是太佔空間，然後使劇本的頁數增加（雖然增加的量不比使用額外場景標題的方式多）。然而，一個很棒的劇本寫作風格通常能夠在這兩個看似相斥的考量中取得平衡。

此外，指示內容的段落不需要縮排：

> 莉迪亞落地後不斷地翻滾著。可是當降落傘的傘衣被風再度吹動時，她也馬上被拉得站了起來。

在指示內容中分頁

指示內容裡不容許任何句子被分頁切成兩段。當指示內容碰到分頁的情況時，請務必在兩個完整的句子之間做分頁：

> EXT． 越野機車的賽車場 ─ 白天
> 賽車群呼嘯而過。
> ──────────── 分頁 ────────────
> 車輪所行經之處塵土漫天飛揚。

而不是：

EXT. 越野機車的賽車場 ─ 白天

賽車群呼嘯而過。車輪所行經之處塵土漫

----------------------------------- 分頁 -----------------------------------

天飛揚。

指示內容中的大寫

標準劇本格式嚴格要求指示內容的文字只要涉及下列任一種指示目的，都
必須以大寫表示：(1) 介紹說話的角色；(2) 描述音效與畫面以外的聲響；
(3) 攝影機拍攝的指令。

> (1) 麥克漢弗萊衝出門口。(MACK HUMPHREYS runs through
> the door.) (2) 他全身上下都起火了。(FLAMES ROAR all
> around him.) (3) 攝影機推進，特寫他驚駭的臉。(CAMERA
> PUSHES IN CLOSE ON his terrified face.)

(1) 介紹說話的角色

對首次出現在螢幕上的說話角色，角色的名字需要全部大寫：

> 約翰格倫(JOHN GLENN)穿著全套的太空裝，踏出發射台的電
> 梯。發射台的工作人員圍著繞格倫(Glenn)並帶著他走向即將
> 發射的太空梭。

請注意這個例子裡面，當格倫的名字第二次出現時並沒有全部使用大寫。
**每個角色的名字必須在第一次出現時全部大寫，而且只全部大寫那麼一
次。**

即使說話的角色名字並沒有特定的名稱（姓名），只要他們是第一次出場，他們的名稱就必須以大寫表示。之後這個角色再度出場時，他們的名稱的第一個字母同樣需要大寫。

> 一個非常漂亮的芭蕾舞者（BALLERINA）走到舞台照明燈前。這個芭蕾舞者（Ballerina）行了一個屈膝禮後，開始跳舞。

很多時候在角色的本名出現前，我們可能會以概括的方式描寫，譬如一名「女性」或一個「消防隊員」等等，如果角色本名相當快地出現在稱號之後，則只要大寫本名即可：

> 消防員（firefighter）衝進大門。她的名字是羅莉海登（LORI HEDDEN）。熊熊烈火環繞著她四周，她嚇壞了。

然而，如果消防員在我們知道她的本名前就先開口說話了，我們就只能先大寫「消防員」（FIREFIGHTER）這個名稱，一旦知道她的名字後，則她的名字也要大寫（而且只大寫這麼一次，後面並用括號再放一次職稱）：

> 消防員（FIREFIGHTER）衝進屋內。
>
> > 消防員（FIREFIGHTER）
> 有人在裡面嗎？
>
> 熊熊烈火環繞著她，她嚇壞了。她叫羅莉海登（LORI HEDDEN）。
>
> > 羅莉（消防員）LORI（FIREFIGHTER）
> 有人在嗎？！

即使某個角色的名字已經在指示內容中出現，請別急，還是要等到角色本人真正現身在鏡頭前時，才要大寫他的名字：

發射台的工作人員聚集在塔台的電梯四周，等著約翰格倫（John Glenn）出現。電梯門向一邊滑開後，穿著全套的太空裝的格倫（GLENN）步出門口。

如果說話的角色首次出現是在場景標題裡，那麼指示內容裡也要大寫這個人物的名字：

對角鏡頭 ── 約翰格倫（JOHN GLENN）

他身著全副太空裝備，踏出電梯門口。發射台工作人員都朝著格倫（GLENN）圍上去。

如果角色沒有台詞，他的名字就不需大寫（極少數的例外情況是主要角色雖然沒有台詞，但是在故事劇情中有舉足輕重的地位，這種時候就必須大寫）。將某個角色的名字全部大寫，等於宣告劇組人員該角色有台詞，所以這點對於電影卡司與預算有非常重大的影響。相同的，在指示內容裡介紹任何沒有台詞的角色人物，只要將他的名稱小寫就可以了：

在巨大的棚頂之下，小丑們（clowns）指引著觀眾他們的座位。一位侏儒（A midget）踩著符合他的小小高蹺到處走著，一個馴獅師（A lion tamer）在籠子裡和大貓為之後的表演熱身。七位俄羅斯空中飛人（Seven Russian acrobats）穿梭在舞台上空。一位販賣爆米花的小販（A popcorn vendor）四處叫賣他的商品。一身花俏的閃光亮片的女孩們（Girls covered in gaudy sequins）騎著大象。圓形舞台中心，節目主持人（MASTER OF CEREMONIES）對著麥克風呼喊：

節目主持人
（MASTER OF CEREMONIES）
先生女士，男孩女孩們──

• 如何重複引進有多重年紀身份的角色

有時候某個角色出場時是20歲左右，然後他再度出現時卻是70歲了。當他第二次以70歲的身份出現時，我們依然要大寫該主角的名字嗎？這個問題的答案在於我們是否會安排同一個演員飾演不同歲數的既定角色。如果以英文大寫書寫第二次（不同年紀）出場的同一個角色，代表會由不同演員飾演第二次出場的同角色。在電影《美麗境界》（A Beautiful Mind）中，演員羅素克洛一人飾演了不同年紀的約翰納許，從一個剛進大學的年輕學生到一個獲得諾貝爾獎的老人。因為同一演員扮演了電影裡所有不同階段的約翰納許，所以在他第一次以年輕大學生身份出場時，納許這個名字在這裡應該被正確的書寫出來，也就是唯一一次的大寫全名。在電影《大智若魚》中，主要角色是由兩個演員所扮演：伊旺麥奎格扮演主角年輕時的樣子，而亞伯特芬尼扮演主角年邁的時候。因此，在兩個不同的演員飾演不同年齡的狀況下，主角的名字會被分兩次介紹與大寫名字兩次。這點通常不難判斷：若同一個主角分別在他7歲和37歲時登場，毫無疑問的，會由兩個不同的演員飾演。或者我們碰到的狀況是主角在他25歲和40歲時登場，那我們可以相當確定這兩個階段會由同一個演員來扮演。

那麼如果碰到一個角色以另一個年紀、不同演員飾演的方式再次出場，我們該如何重新介紹這個角色呢？讓我們假裝《美麗境界》這部電影包含了一段關於約翰納許童年的回顧，所以當他以大學生的身份首次現身螢幕現時，他的名字全部都以大寫書寫，之後的約翰則會以孩童的身份出場：

一個彆扭的年輕人躋身一群既優秀又老練的年輕數學家當中：約翰納許（JOHN　NASH）。他比他們所有人都來得聰明，但是這點只有他自己知道。當他的目光掃過其他參賽者的臉孔時——

FLASHBACK ── EXT. 西維吉尼亞校舍 ── 白天（1935）

一個看起來渾身不自在的小男孩踏進了校園。這間靠山的學校校舍看起來搖搖欲墜。這是八歲的小納許（YOUNG　NASH）。一群瘦骨如材的煤礦工之子一同盯著這個看起來奇特的小男孩。

小納許也能以其他名字來稱呼，譬如八歲大的納許（8-YEAR-OLD-NASH）、年輕的約翰納許（YOUNG JOHN NASH）、強尼納許（JOHNNY NASH），或是其他合理、不會和成年的納許搞混的稱呼。

(2) 描述音效和畫外音

在指示內容中描述音效（sound effects）或畫外音（offscreen sounds）時請以大寫處理。這個格式有三大要點：

1. **畫面之外的所有聲音一律需以大寫表示。**「所有聲音」指的是再小的聲音或音效都不能放過不寫，從時鐘指針走動的滴答聲到女人的尖叫聲，以至於核子爆炸的巨響聲，無一例外。

   從畫面外某處傳來女人尖叫的聲音。

   From somewhere O.S. comes the sound of a WOMAN'S SCREAM.

   樓上房間傳來腳步聲。

   FOOTSTEPS can be heard in the room overhead.

陰暗處傳來的貓咪嗚咽聲使得馬克失眠。

The MOAM of a CAT somewhere in the shadows
keeps Marc awake.

琳達聽見敲門聲後轉向房門。

Linda whirls toward a KNOCK at her bedroom
door.

孩子們躲在窗簾後面大笑。

Behind the curtain, CHILDREN are LAUGHING.

2. **畫面中所出現的所有音效都需大寫。**這個規則裡所指的音效，是指所有非攝影機前演員所製造出的聲音，包括任何自然的、人為的或機器的聲音。這些音效包括了發出滴答聲的時鐘以及核子爆炸聲，但不包含女性的尖叫聲——如果這尖叫是來自螢幕上可見的演員發出的聲音。

麥福瑞克很快地抽出他的六發式手槍，然後開槍。

Maverick quick-draws his SIX-SHOOTER and
FIRES.

一群大笑、尖叫、咆嘯、咯咯笑的孩子們打翻了花瓶，花瓶在磚頭上摔得粉碎。

The laughing, screaming, shouting, giggling
children knock over the VASE, which SHATTERS
on the bricks.

老舊的電晶體收音機播放著音樂。

MUSIC PLAYS ON the old transistor RADIO.

以下這些都是音效，全部都要大寫：

- 槍隻的射擊聲
- 炸彈、手榴彈以及煙火的爆炸聲
- 子彈擊中物體或彈跳所發出的聲響
- 引擎的快速運轉聲、閒置聲、平穩低沉聲、咆哮聲或是奄奄一息聲
- 煞車聲
- 輪胎摩擦聲
- 喇叭聲
- 車子相撞的聲音
- 嬰兒哭泣、打嗝或是號啕大哭的聲音（因為嬰兒無法按指示配合演出）
- 動物的鳴叫聲、小鳥的叫聲（原因同上面嬰兒的例子）
- 玻璃破裂或是砸碎的聲音
- 木材裂開的聲音
- 收音機、電視、錄影機、手提音響、CD播放器或MP3播放器所發出的聲音
- 電話或門鈴的聲音
- 電傳打字機的打字聲
- 機器人和電腦的嘟嘟聲或點擊聲
- 水壺煮水達沸點的哨音聲
- （木頭）地板的嘎吱作響聲

- 絞鍊轉動的咔咔聲

- 水的滴答聲、飛濺的聲音、流水聲、水流湍急的聲音

- 浪濤聲

- 閃電劈落和打雷聲

- 狂風猛吹聲和風的嗖嗖聲、呼嘯聲

- 無形體的人物說話或嗚咽聲

- 任何聲音的回聲，迴盪或逐漸消失

以下因為是由演員在鏡頭前製造出來的自然聲音，請不要大寫：

- 螢幕上角色的笑聲、說話聲、咆嘯聲、尖叫聲、哼鳴（歌曲）聲、唱歌聲、咳嗽聲、打噴嚏聲或氣喘聲

- 螢幕上角色拍手聲、彈指聲或敲鉛筆聲、腳趾頭敲打的聲音

- 螢幕上角色敲門聲

- 螢幕上群眾拍手聲、呼喊聲、歡迎市長或噓聲獨裁者的聲音

- 螢幕上音樂家彈奏樂器的聲音

3. 當大寫音效或畫外音，**一定要把製造聲音的物體以及發出的音效兩者都大寫**。舉例來說，如果有槍發射了，需要以大寫寫成「開槍」（The GUN FIRES），因為槍是製造聲響的物體，而發射的聲音是由槍所製造出來的。其他的例子如下：

> 球型煙火（The CHERRY BOMB）無聲地冒煙長達好幾秒鐘，然後突然爆炸（EXPLORES）。

> 岡沙勒茲接起正在響的電話（the RINGING PHONE）。

天際出現一道閃光，接著出現低沉的轟轟雷鳴（the LOW RUMBLE of THUNDER）。

劊子手的腳步聲（The executioner's FOOTSTEPS ECHO）在乾淨的地板上迴響著。

恰克扭開收音機。帶著雜音的爵士樂傳了出來。他倏然把收音機關掉。
Chuck turns ON the RADIO. SCRATCHY JAZZ PLAYS. He snaps the RADIO back OFF.

點唱機被亂哄哄的打鬥給推倒了，音樂戛然一聲停止了。
The brawl overturns the JUKE BOX and the MUSIC COMES TO a SCREECHING HALT.

飛雅特跑車轉彎時輪胎傳出刺耳的聲音，引擎也轟轟作響，車子降低速度後再度往前呼嘯而去，輪胎隨著加速發出尖嘯聲。
The FIAT SQUEALS around the corner, ENGINE RACING, DOWNSHIFTS and ROARS away up the street, TIRES SCREAMING.

一顆子彈打破窗戶、打中安全帶後彈開，下一顆子彈在車內彈跳，第三課子彈打中了馬克的胸膛，發出沉悶的聲響。
A BULLET SHATTERS the WINDOW and PINGS OFF the seat belt. The next BULLET RICOCHETS around the inside of the car. The third BULLET THUDS into Markie's chest.

早晨的空氣中傳來雲雀嘰嘰喳喳的聲音。小嬰兒開心地咯咯叫。瑪莉走到鳴笛的水壺邊，腳下的地板嘎吱作響。她的手機響起「棕色眼睛的女孩」的鈴聲。然後所有的聲響慢慢地轉弱，直到聽不見為止。
SKYLARKS TWITTER in the morning air. The BABY GURGLES happily. The FLOOR CREAKS as Mary crosses to the WHISTLING TEAPOT. Her CELL PHONE RINGS "BROWN-EYED GIRL." And then all SOUND FADES SLOWLY to silence.

如果沒有辦法明確的描述所聽到的聲音，我們的最後一著是把描繪聲音的文字全部大寫。

> 孩子們被遠處傳來的遊行樂隊的聲音（the sound of a DISTANT MARCHING BAND）所吵醒。

> 馬克聽到輕微的聲響（a SOFT SOUND）從樹叢的某處傳出。

(3) 描述給攝影機的指示動作

第三個也是最後一個需要在指示內容中大寫的，就是給攝影機的拍攝指示，這個一體三面的規則闡明了描寫攝影機拍攝的大寫格式。**一定要大寫的有：1.「攝影機」一詞；2. 任何攝影機的移動；3. 所有攝影機或是攝影機移動的介係詞。**

1. 一定要大寫「攝影機」（CAMERA）這個詞。

> 馬對著攝影機（AT CAMERA）奔馳。

當然，這只適用於正在拍攝此電影的攝影機鏡頭，而不是影片畫面中出現的攝影機：

> 攝影師在他的頭上不停成圈地擺動他的靜態相機，然後讓它飛過鏡頭。
> The photographer swings his still camera round and round over his head, then lets it fly PAST CAMERA.

如果「我們」（we）或「我們」（us）被用來代替「攝影機」一詞，則不需要大寫這些字眼：

我們穿越過爭戰並俯衝進雲層中，一群鴿子在我們底下飛過。

We PASS ABOVE the battle and SWOOP INTO the clouds, a flock of doves passing just BELOW us.

絕對不要大寫「我們看到」（we see）這個說法。

我們看到一隻鴨子漂浮在油膩膩的水中。

We see a duck floating in the oily water.

其實最好是避免讓「我們看到」這種寫法貫穿你的劇本。與其寫「我們看到一隻鴨子漂浮在油膩膩的水中」（We see a duck floating in the oily water.），不如寫成「一隻鴨子漂浮在油膩膩的水中」（A duck floats in the oily water.），因為這樣不但看起來文字簡潔，同時去掉「我們」一詞也可以避免讓讀者產生壓迫感。

2. 大寫任何攝影機移動的相關指示（無論「攝影機」這個字眼是否明白地出現，或僅僅只是包含暗示）：

當弗斯特從岩坡上滾落下來，攝影機跟拍移動。
CAMERA TRACKS Foster as he tumbles down the rocky slope.

當陪審團走進來時，橫搖拍攝他們嚴肅的臉。
As the jury enters, PAN their grim faces.

溫特斯爬進富豪汽車裡。焦點轉移至索墨爬出薩博汽車。
Winters climbs in the Volvo. RACK FOCUS TO Sommers climbing out of the Saab.

水手們一股腦兒湧上驅逐艦的甲板。抬鏡（直搖）拍攝日本的零號式戰機衝過水手們的頭頂上方。

Sailors pour onto the deck of the destroyer. TILT UP to see Japanese Zeroes racing over their heads.

攝影機跟拍英格蘭德穿過股票交易所的交易場。

CAMERA MOVES WITH Englund ACROSS the trading floor.

當這群難以控制的群眾怒吼聲漸漸高漲，鏡頭拉近至隻身一人在暴民中的年輕查理身上。

As the roar of the unruly crowd builds, ZOOM IN ON young Charlie, alone in the mob.

尚恩站在商業街的馬路中心。升高鏡頭直到他看起來非常非常小。

靜止在拉馬斯特的臉部。

Shane stands in the center of Main Street. CRANE UP until he looks very, very small.

HOLD ON Lamaster's face.

攝影機低空拍攝在密集入侵時，奧歐瑪哈海灘的大屠殺景象。

CAMERA FLIES LOW OVER the carnage on Omaha Beach during the thick of the invasion.

3. 大寫任何有關攝影機的介係詞或是有關攝影機移動的介係詞。這些介係詞可能與攝影機本身的動作相關，或者關係到和攝影機有所牽連之人或物的動作：

攝影機急速升高直到飄浮在濃煙上方，底下的城市陷入一片火海。

CAMERA ROCKETS UP and UP until it FLOATS ABOVE the smoke of the burning city.

我們跟著希薇亞走進門，進到擁擠的迪斯可舞廳裡，走上一條長梯，再沿著走廊往前走，經過一個壯碩的保全後，走向垂死的蒙格瑞奇。

We FOLLOW Sylvia THROUGH the door, INTO the crowded disco, UP the long stairway and ALONG a corridor, PAST a beefy bouncer TOWARD a dying Muggeridge.

氣球飄浮過鏡頭。
The balloon floats OVER CAMERA.

跑步選手衝刺過我們前方。
The runner sprints PAST us.

雙翼飛機朝我們飛來。
The biplane flies right AT us.

林肯面向舞台而坐，他背向攝影機。
Lincoln sits facing the stage, his back TO CAMERA.

亞當轉向攝影機。
Adams turns TOWARD CAMERA.

- 「景框內」（into frame）、「景框外」（out of frame）、「視野內」（into view）、「視野外」（out of view）的表示法

「景框內」以及「景框外」代表著攝影機指示，所以一定要大寫。

沃特斯走進景框內。他發出一陣尖銳的大笑而往下倒，落在景框下。
Waters steps INTO FRAME. He lets out a high-pitched laugh then immediately drops OUT OF FRAME.

「視野內」以及「視野外」有時候是與「景框內」以及「景框外」交互使用的詞彙。當他們出現在劇本中，也必須大寫：

> Waters steps INTO VIEW. He lets out a high-
> pitched laugh then immediately drops OUT OF
> VIEW.

其他時候，某人或某事出現在視野內（所以出現「into view」這個詞在指示內容裡），不是因為他們從旁進入攝影機的鏡頭裡，而是因為他們從螢幕中某些事物的後方現身。由於這並不是針對攝影機的指示動作，所以不需要大寫：

> 厭倦了躲貓貓的遊戲，沃特斯匍匐著，從原本藏身的沙發後出現。然後他改變了主意，很快地衝往廚房後方看不見的區域。
> Tired of playing hide-and-seek, Waters crawls
> into view from his hiding place behind the
> couch. Then he changes his mind and hurries
> out of view behind the kitchen door.

• 定格（Freeze frame）

定格是指螢幕上的畫面持續靜止或停住一段時間。當一個行進中的的影像畫面在場景進行中停住時，要把「定格」一詞放在指示內容中，同時將這兩個字大寫：

> 歌達看到山姆出現在整齊成排的柵欄另一側。他身著他最好看的一套西裝。她因為在花園裡拾花弄草的緣故，渾身上下都沾上了泥巴。他的雙唇彎成一道弧線，給了她一個微笑。FREEZE
> FRAME.

如果鏡頭從頭到尾只有一個靜止畫面，則「定格」一詞要寫在場景標題內：

EEZE FRAME ─ 興登堡號飛船

在這個精確的一瞬間，火焰吞噬了整架飛船。

少數仍需遵守規則的例外

有一些混雜的項目雖然不完全符合以上的分類規則，但仍需要全部以大寫的形式書寫，譬如：疊印、「即興」、某些特定的縮寫，以及有些選擇性的標語、橫幅廣告或頭條。

● 疊印（Superimpositions）

疊印是指在螢幕上出現像「一年後」這樣的文字。不論你選擇用「疊印」（SUPERIMPOSE）或是「加上」（SUPER），都應該要以大寫表示，後面再接冒號以及想要疊加的字樣。注意疊印的文字內容要以全大寫書寫，並加上引號，然後它們可以單獨成行並且放置頁面中間：

SUPERIMPOSE:

"SOUTH CHINA SEA, 1938"

你也可以將它們插入指示內容的段落：

一輛輕軌電車緩緩經過。加上：「30年前」
A street car passes. SUPER:"30 YEARS EARLIER."

• 即興（Ad libs）

演員隨自己意思而說出的對白內容被稱為「即興」台詞，「AD LIB」二字一定要大寫：

> 瓊妮拿出一個非常大的蛋糕。她的祖父母即興表演出他們的驚訝。
> Joanie pops out of the giant cake. Her
> grandparents AD LIB their surprise.

• 大寫縮寫的字詞

縮寫 V.O. 以及 O.S. 永遠需要全大寫，後面跟著縮寫點。O.S. 表示幕後，或是攝影機視野之外。V.O. 代表旁白，指於目前場景之外的其他地點傳來的聲音（旁白可以由角色，或者是全能敘述者來擔任）。換句話說，某人若是站在攝影機拍攝的畫面之外說話，這個就是說話者的 O.S.（即來自幕後 from offscreen，又稱畫外音）；若某人講電話時是身處在地球的另一塊土地上（不在螢幕畫面中，也不在攝影機旁），這種說話方式為 V.O（即旁白 voice over）。

• 招牌、橫幅廣告和頭條

作者可以自行決定招牌、橫幅廣告或是頭條的內文是否要以大寫表示：

> 店門口的告示上寫著「徵才」（"HELP WANTED"）。底下用差不多大小的字體寫著「日本人勿擾」（"Japs Need Not Apply."）。

小孩們展開一個捲軸，上面用色彩鮮明的蠟筆寫著「生日快樂，比斯莉小姐！」("HAPPY BIRTHDAY, MISS BEASELY!")

波比呼吸急促地瀏覽著報紙，直到她找到一篇報導的標題：「『奇蹟』在漢堡王救了一個女孩。」("'MIRACLE' SAVES GIRL AT BURGER KING.")

大寫場景標題後指示說明的第一個字母

場景標題後的指示文字，其第一個字母需要大寫。不用大寫的情況只限於場景標題與指示內容形成一個完整句子。請參考以下的範例：

特寫福特野馬敞篷跑車
CLOSE ON MUSTANG CONVERTIBLE

當車子閃警示燈。
As its emergency lights flash.

瑪吉
表情痛苦地扭曲著。她不想承認她的肩膀痛得要死。
grimacing. She'll never admit it but her shoulder is killing her.

EXT. 水塔 — 夜晚

被下方環繞一周的泛光燈照得如白晝般的亮。
Lit up by a ring of floodlights below.

但當場景標題與指示內容形成一個完整的句子時，則必須寫成：

賈許

在鍵盤上下了一個急切的指令。倒數停止。

JOSH

types an urgent command into the keyboard. The countdown stops.

特寫 ─ 吉娃娃

跳到檯面上，貪婪地舔著溢出來的啤酒。

CLOSE - CHIHUAHUA

scampers over the counters, lapping up the spilled beer.

什麼不該大寫：任何其餘的東西

任何不屬於上方類別的東西都不要全大寫。以下所列出的項目通通不要大寫：

- 道具
- 角色的動作
- 視覺效果
- 燈光指示
- 指示內容中的角色名字（如果不是第一次出現的話）
- 沒台詞的角色
- 「我們看到」（we see）這幾個字
- 「無聲」（silence）這個字

- 背景background的縮寫「b.g.」
- 前景foreground的縮寫「f.g.」

指示內容中的加強底線

底線可以用在指示內容中來強調某事物的重要性。通常讀者都是很快地翻過劇本，所以有時候明智地使用加強底線，不但可以避免讓讀者錯過重要訊息，也可以凸顯畫線部分的特殊意義。但要小心的是，在指示內容中過度使用底線，會使劇本看起來像外行人的作品，而且如同放羊的孩子般，這些加註底線的地方終究會被忽略過去。

> 瑪姬衝上樓到孩子的房間。她既快且用力地開門後，探頭入內。
>
> INT. 孩子們的臥房
>
> <u>三張床都空無一人</u>。
> <u>All there of the beds are empty</u>.

當有多個文字需要加底線時，底線是連貫的一直線（而非「<u>All</u> <u>there</u> <u>of</u> <u>the</u> <u>beds</u> <u>are</u> <u>empty.</u>」）同時請注意，不要為句子末端的標點符號加底線。

在指示內容中用連字號來分隔字詞

若有必要時，指示內容中的文字可以用英文連字號在段落最右側邊緣分隔開來，譬如：

雷德克立夫接到了空中的球。緊接著他被其他衝過來的球員撞上，單腳腳尖旋轉了一圈後，倒在地上。
```
Radcliffe catches the ball
in the air. He's hit, pirou-
ettes on one foot, then falls.
```

基本上在劇本中不常使用連字號，所以請盡可能少用它。通常使用連字號只是為了要避免句子看起來過於簡短。但是不管在任何情況下，絕對不能連續兩行都使用連字號來分隔字詞。

簡訊或即時訊息

當簡訊或即時訊息的內容必須出現在螢幕上時，可以將這些訊息文字寫在指示內容中。依照描寫其他場景內所見之物的方法，只需簡單地描述這些訊息的內容就可以了。不過請記住一點，就是觀眾不喜歡在電影或電視劇的畫面中閱讀大量的文字。下面這個例子的一部分對白是數位訊息，然後其餘的對白以旁白（V.O.）形式呈現：

```
INT. 辛克萊的廚房 － 午後

潔姬準備做菜。她把筆電打開，放在流理台上。查理在餐桌上做功課。柔伊如風似地走進廚房，然後查看電腦螢幕。

                    柔伊
        嗨，媽。妳在幹嘛？

潔姬剛登入快遞公司網站，然後輸入一串號碼。
```

> 潔姬
> 追蹤我的新床送貨進度，妳一定會愛上這張
> 床的。它的尺寸是加利福尼亞國王尺寸，超
> 級大。

一陣可愛的鳴響聲傳出，同時，一個使用者暱稱為「強棒」的即時訊息視窗彈出螢幕。柔伊讀著這則訊息：

> 柔伊
> 「嗨，小潔，妳去哪了？」
> 　（接著）
> 誰是強棒？

潔姬漫不經心將螢幕轉開柔伊的視線。

> 潔姬
> 坐下。開始寫妳的功課。

潔姬重新專注在料理食物上，直到柔伊坐下並開始埋首書中。潔姬快速地輸入文字：

> 「小潔：我有我自己想做的事。」

她按了輸入鍵後，再度回到料理上。幾乎同時，電腦再度傳出訊息聲。柔伊的視線迅速地往上瞥了一眼。潔姬讀著訊息：

> 「強棒：很好！我喜歡這種女生。」

然後第二行訊息跳出，電腦又傳出鳴響聲：

> 「強棒：妳決定新泳池的位置了嗎？」

潔姬將電腦靜音。她把目光移向柔伊，然後打了：

> 「小潔：完全露天式和半罩式，你喜歡哪
> 個？」

回覆的訊息傳來：

　　「強棒：我喜歡一切攤在光天化日之下。」

第二行訊息出現了，這次伴著一個男人的聲音：

　　　　　　　　強棒（v.o.）

　　那妳呢？

潔姬想了一下。輸入了她的回應：

　　　　　　　　潔姬（v.o.）

　　我們還在討論泳池的事嗎？

　　　　　　　　強棒（v.o.）

　　不全然是。

潔姬這次思考了稍久一些。她在開始打字前，偷瞄了一眼柔伊和
查理。

　　　　　　　　潔姬（v.o.）

　　好吧。

INT. SINCLAIR KITCHEN - AFTERNOON

Jackie's cooking. She's got her laptop open on
the counter. Charlie's working on homework at
the table. Zoe breezes in and checks out the
computer screen.

                    ZOE
          Hi, Mom. Whatcha doing?

She's logged onto UPS.com and is entering a
string of numbers.

                    JACKIE
          Tracking my new bed. You're
          going to love it. It's called a
          California king. It's huge.

There's a CUTE MUSICAL CHIME and an instant
message window pops up on her screen from
someone named "SLUGGER." Zoe reads the
message:

                    ZOE
          "Hey, J-Bird, where ya been?"
                 (then)
          Who's Slugger?

Jackie casually turns the screen away from
Zoe.

                    JACKIE
          Sit down. Get started on your
          homework.

Jackie tends to her cooking until Zoe sits and
digs into her books. Jackie quickly types:

          "J-BIRD: I have a life."

She hits enter. Goes about her cooking. The

COMPUTER CHIMES again almost instantly. Zoe glances up. Jackie reads:

"SLUGGER: Good. I like that in a girl."

Then a second line pops up, another CHIME:

"SLUGGER: You make any decisions on where to put your new pool?"

Jackie mutes the computer. Casts a look at Zoe, then types:

"J-BIRD: Where do you stand on full sun versus partial shade?"

The answer comes back:

"SLUGGER: I like everything out in the open."

A second line appears, this time accompanied by a male voice:

SLUGGER (V.O.)
How about you?

Jackie thinks about that. Types her reply:

JACKIE (V.O.)
We still talking about pools?

SLUGGER (V.O.)
Not necessarily.

Jackie thinks a little longer. Steals a look at Zoe and Charlie before typing:

JACKIE (V.O.)
Okay.

請注意到上例的訊息是依照對白的格式寫的，所以看起來清楚明瞭，同時讀者也能夠一瞥而知這頁裡有一段對白內容出現。雖然以上所見並不是描寫這種連續拍攝的唯一書寫方法，但它是個既簡單明瞭、又專業的方式。

來電顯示名稱

如果來電顯示的文字內容有必要出現在螢幕上，那麼一定要在指示內容中描述它們。你可以依照下面這個方式來書寫：

> 瑞比特的新無線電話響了。她手舞足蹈地移向電話，以令人眼花繚亂的誇張動作將電話從充電座拔出來。她仔細地查看了來電顯示，然後她的臉垮了下來。
>
> 　　　　「帕德森，迪克
> 　　　　212-555-1542」
>
> 電話持續地在她手中響著。她輕手輕腳地將電話放回充電座上，剛才展現的活力蕩然無存。

還有另一種寫法，能使用較少的頁面空間：

> 瑞比特的新無線電話響了。她手舞足蹈地移向電話，以令人眼花繚亂的誇張動作將電話從充電座拔出來。她仔細地查看了來電顯示，然後她的臉垮了下來。上面出現（It reads）:「帕德森，迪克，212-555-1542。」
>
> 電話持續地在她手中響著。她輕手輕腳地將電話放回充電座上，剛才展現的活力蕩然無存。

以上兩種寫法都比下面這個寫法來得清楚。以下的寫法既草率又不完整。

絕對不要這樣寫：

> 瑞比特的新無線電話響了。她手舞足蹈地移向電話，以令人眼花繚亂的誇張動作將電話從充電座拔出來。她的臉垮了下來。是迪克。

> 電話持續地在她手中響著。她輕手輕腳地將電話放回充電座上，剛才展現的活力蕩然無存。

這裡作者沒有明確指出觀眾是如何得知是迪克打來的電話，同時也可能讓觀眾誤以為瑞比特真的接了這通電話。作者一定要盡可能清晰明確地表達意思，絕對不要讓讀者感到困惑。

電子郵件

如果有必要在螢幕上顯示電子郵件內容，可以把郵件中適宜的文字部分包含在指示內容中。切記，以精簡為原則！為了讓讀者可以專注在你想要強調的物件上，除了只附上郵件中必要的部分，字數也盡可能越少越好。

如果郵件的訊息只有幾個字需要出現在螢幕上，它們的寫作格式可以參考如下範例：

> 布雷克中尉懶散地傾靠在鍵盤上，看起來醉茫茫的。他眯著眼注視著電腦螢幕，盡全力地想看清郵件下方的內容：

> 「……蒂克西從沒為她該負擔的部分掏出錢來……」

> 他輕輕地倒抽了一口氣。即便以他目前的狀態，他也看得出來這代表什麼意思。

如果郵件地址（寄件者）或是信件標題有必要出現在畫面中，可以寫成以下的格式：

> 布雷克中尉懶散地傾靠在鍵盤上，看起來醉茫茫的。他瞇著眼注視著電腦螢幕。點擊滑鼠後，一封電子郵件打開了。
>
> 「來自：雅各・史威姆。」
>
> 「主旨：『為什麼我從來不給你一毛錢』。」
>
> "From: Jacob Swimmer."
>
> "Subject: "Why I'm never gonna give you a dime.""
>
> 布雷克按壓著他的太陽穴，盡全力地想看清郵件下方的內容：
>
> 「……蒂克西從沒為她該負擔的部分掏出錢來……」
>
> 他輕輕地倒抽了一口氣。即便以他目前的狀態，他也看得出來這代表什麼意思。

如同先前所強調過的，我們應該力求劇本簡潔、清晰易懂。

有關指示內容的 Q&A

Q1：一個劇作家是否只需要描述角色的台詞和動作就好了？描寫任何有關角色的想法以及感受，是否就是錯誤的呢？

A：你會聽過這種書寫建議的理由是，攝影機通常不會進到角色的腦袋裡，所以觀眾無法以閱讀小說的方式感知劇中角色的想法和感覺。所以你得描

述觀眾能看見以及能聽到的東西。如果這個指示聽起來限制性太強，你需要認真考慮：它的涵蓋範圍可能比你之前想到的要大得多。我可以看到泰山拉著藤蔓在林間擺動、聽到他叢林式的呼吼聲，但我也可以看到他眼中的憂慮，看到對現實世界的領悟在他身上慢慢浮現，我甚至可以看出他下了一個決定的模樣。真正具有限制性的關鍵其實在於演員本身的功力——他能透過攝影機鏡頭傳達出多少他的思維與感受。不要寫：「泰山吊在藤枝上，回想著他那次從樹上掉下來而差點摔死的慘痛經驗。那一次他摔落下來的樹跟他現正吊著的樹幾乎一樣，而這個攸關生命危險的殘酷諷刺使他感到困擾。」這種寫法對演員的要求實在太多了。但是你可以這麼寫：「泰山吊在藤枝上，他以眼睛衡量自己從這裡到另一端的距離，他辦得到嗎？」我想演員可以有效地傳達這個思維過程。如果攝影機可以拍得出來，就代表演員可以做得到，所以你當然可以把它寫進劇本中。反之，就不要寫進劇本裡。

Q2：我注意到你的劇本範例在每個句子結束後留了兩個半形空白格，而且你也建議劇作家們都這麼做。但是出版業界從很久以前就開始改成句點之後只留一格空白。我們寫劇本是否要遵守同樣的規則呢？

A：阿奇法・歌德斯曼（Akiva　Goldsman），一個天賦異稟的劇本作家，他寫出了非常賣座的蝙蝠俠系列電影，還有精采的《美麗境界》等等，他堅持華納兄弟電影公司的製作人員在處理他的劇本時，只留一個空白格在句點後面。這使打字員抓狂，因為他們已經習慣在每個句子結束後按兩次空白鍵。最後，我們讓打字員依他們本身習慣的方式去打字，然後我們寫了一個電腦指令，這個指令會自動把兩個空白格轉化成一個。阿奇法的做

法並沒有錯，但是仍然有許多劇作家選擇在句子之間加入兩個空白格。這麼做很合理，因為所有的製作人員，基於時間與預算的考量，都會想要把劇本每行的字數及每頁的行數維持在可接受的、正常的範圍內。更動句子之間的空白格數目，連帶也會改變劇本的頁數，不論這個改變的幅度有多小。到底該留幾格空白，乍看之下可能是個微不足道的問題，但它也可能比你想像中的還重要。結論是：無論你選擇空一格或空兩格，大概都不會有什麼問題，除非你碰上了對少一個空白格錙銖必較的難搞審稿者。

Q3：你可以推薦一瓶好的紅酒嗎？

A：賈斯汀酒莊（Justin Vineyard）的2005年特選卡本內蘇維翁（Reserve Cabernet Sauvignon），來自帕索羅布斯（Paso Robles），它是最棒的紅酒裡的優秀代表，既芬芳又順口。

Q4：我該如何寫關於電影配樂的指示？我正在寫一個驚悚片的劇本，然後我非常清楚劇本哪裡該以配樂來烘托重要場景的懸疑感。

A：千萬別這麼做。離開你的鍵盤，在手上戴上連指手套，免得你真的去做這件讓你之後會非常後悔的事。一個劇作家不寫任何關於配樂的東西、不提及電影配樂、甚至也不知道配樂的存在，也就是說，劇作家是在處於不利的狀況來寫作。許多可以釀造情緒的要素——如配樂，或能使觀眾引起共鳴的角色——如把他們飾演得活靈活現的電影明星——這些都不是作家們在寫作時可取得的東西。你所創造的角色，以及他們的對白與行為動作，必須有他們自己的功用與獨立價值。這聽起來像是個絕對的正式聲

明？對，你沒聽錯。不過至少有一個相當明顯的例外：如果你在寫惡搞的恐怖片，一段非常誇張的音樂或聲響可能成為貫穿全片的笑點提示，就這點而言，作家可以在權限內自由發揮。

Q5：同樣的規則是否也套用在片頭或片尾的演職人員名單上呢？

A：是的，想想我剛才為什麼叫你戴上連指手套——千萬別把這些東西寫進去，除非你能給出令人絕對信服的理由。為何不把焦點放在我們正在閱讀劇本這件事上？讓我們在不受作者插入演員名單的干擾下，盡情地投入在對電影的想像與經驗中。你寫了演職人員的名單進去，對劇本有任何加強的效果嗎？所以，別做這件事，除非如俗語所說的，你有非做不可的理由。

▌ 04 對白
DIALOGUE

對白是由三部份組成的：(1) 正在說話的角色名字；(2) 台詞；以及(3) 角色括號指令，這些文字是關於台詞的表現方式或角色在說話時的動作。

⁽¹⁾ 露易絲

⁽³⁾（翻找她的皮包）

⁽²⁾ 我把支票放到哪裡去了？

去哪了？！

對白上方的角色名字

對白的第一個及最簡單的規則就是：對白上方的角色名字在劇本中從頭到尾都必須相同。但因為演員陣容中往往有許多說話的角色，所以這個規則並不總是能夠輕易做到。以「米爾佛布魯克斯隊長」出場的這個角色，不能在首次對白開始前稱他為「隊長」，之後變成「布魯克斯隊長」，然後又被稱為「布魯克斯」。為每一個角色選擇適當的名稱，然後在整個劇本的對白上方都使用同一個稱呼。

更改對白上方的角色名字

有時候，對白上方的角色名字會因應場景或故事內容而需要做改變。當這個情況出現時，要以清楚、有條理的方式來處理。比方說某個角色以女外科醫師的身份出場，然後這個名稱會出現在她的台詞上方：

> 女外科醫師踏著大步走進手術室。

> 女外科醫師
我要一杯咖啡，不加糖，馬上就要！還有一
盤休息室的蛋捲！然後給麻醉醫師一粒口氣
清新丸！

之後，我們得知了這名外科醫師的名字，決定要把她的名字加在對白上方。請參照如下方式書寫：

> 外科護士
（翻白眼）
早安，庫朗普醫師。

> 庫朗普（女外科醫師）
早安，親愛的。

> 庫朗普拿起一支手術刀然後開始動手工作。

> 庫朗普
把那些口氣清新丸繼續拿上來。

當角色的新名字在對白上方出現時，要在其旁邊的括號內寫上舊名稱，然後從這裡開始，所有的對白上方只使用這個新名稱（都使用大寫）。名字的轉換以此種方式書寫，就不會讓讀者感到混淆。

對白上方的角色編號名稱

一群次要的角色，比如說守衛或是其他醫生，可能會在出場時有少數幾行的台詞。有時候這些角色沒有被賦予名稱，譬如薩爾，或斯羅克摩頓之類的，他們僅僅是守衛1、守衛2和守衛3，或是醫生1、醫生2和醫生3，又或是刺客1號、刺客2號和刺客3號。任何這些編號方式都行得通，只要記得維持它們的一致性：

刺客1號（ASSASSIN #1）

子彈放在哪？

刺客2號（ASSASSIN #2）

我以為你把子彈帶在身上！

刺客3號（ASSASSIN #3）

我們沒帶子彈嗎？！

對白上方的群組名稱

有時候一群角色一同開口說話，並且都是一樣的名詞，這時候在對白上方會以一個複數或群組的名稱來表示：

海軍陸戰隊士兵（The MARINES）齊聲回應。

海軍陸戰隊（MARINES）

永遠忠誠！

在對白上方也可以使用一個複數名字來描述同時開口，但是台詞不同的一群角色：

新聞記者們（REPORTERS）蜂擁而上，圍繞著市長。

新聞記者們（REPORTERS）

市長！／你要如何回應這些控告？／你會不

會退出選戰？／你是否否認所有的指控？

這是處理一堆既短又同時進行的對白最簡單的方式。另一種更全面的方法之後會在章節「兩個、三個或四個對白」有更多說明。

在對白上方大寫麥當勞和德芙蘭斯

和處理場景標題的情況相同，對白上方出現的專有名詞或正式名稱，如麥當勞（McDonald's）以及德芙蘭斯公司（DeVries）等等，應該要用以下方式大寫：

麥當勞的經理（McDONALD'S MANAGER）

快點、快點。誰負責收銀機？

德芙蘭斯公司（DeVRIES）

再見，棕牛。

V.O. 與 O.S.：當我們看不見說話的角色

有時候我們能夠聽見某些角色說話的聲音，但是他們並沒有現身在螢幕上。當這種情況出現時，V.O. 或 O.S. 這種縮寫字會出現在對白上方的角色名稱旁邊。至於該在何時何地適當地任命這兩種敘述方式，的確是個讓很多劇作家深感頭痛的問題。這兩者的使用規則是這樣的：**當一個角色實際出現在某場景中，只是開口說話時不在攝影機的視野之內，意即他在畫面之外（offscreen），這時使用縮寫O.S.，又稱畫外音。而縮寫V.O.則**

用在其餘任何情況中：電話中聽見的聲音、答錄機、錄音機、電視、擴音器或收音機、旁白敘述者的聲音、正在進行中的場景與前／下一幕交疊的角色說話聲、回憶、想像或是幻覺裡出現的聲音等等。縮寫 V.O. 以及 O.S. 要寫在角色名字的旁邊，以大寫表示，外加縮寫點以及括號。

> 梅麗莎按下答錄機的播放鍵。嗶了一聲，然後：
>
>
>
> 提格太太（v.o.）
>
>
>
> 梅麗莎？梅麗莎，是媽媽。如果妳在，快點接電話。親愛的，事情緊急。妳爸又剪了我所有的信用卡。

> 太陽從華爾頓山升起。
>
>
>
> 旁白（v.o.）
>
>
>
> 那是約翰男孩最後一次見到他的叔叔。但他不曾忘記過他，或他曾給他上過的那堂課。

> 吧檯後方的電視正撥放著新聞：
>
>
>
> 新聞主播（v.o.）
>
>
>
> ……有關當局表示，這場風暴可能會在今晚半夜來襲。

> 尼克很快地接起正在響的電話。
>
>
>
> 尼克
>
>
>
> 我是尼克。

> 瑪莉（V.O.）
>> （電話上）
>> 是我。我還在等。

傑克在外太空中翻滾著，他的太空裝頭盔裂開來了。當太空船漸漸駛離他身邊，他的臉籠罩在驚恐當中。

> 媽媽（V.O.）
>> 傑克。起床，傑克。你會趕不上校車喔。

INT. 傑克的房間 ― 早晨

他的眼睛突然張開，朝上看著他長期飽受苦難的母親。他給了她一個不自然的微笑。

所有以上的例子都是 V.O. 的寫法，因為聲音來自於實際場景以外的某處。在下面這個例子裡，聲音雖然源自於場景一旁，但因為處於攝影機的拍攝視野之外，所以寫成 O.S.：

> 奎克轉向被鎖在門外的奈德呼喊的聲音。

> 奈德（O.S.）
>> 你再不開門，我就把門給撞垮。不要以為我
>> 不敢。

用「聲音」取代 V.O. 和 O.S.

一個屬於較舊式又不常見，但仍是處理畫外音和旁白的正確方式，就是在說話者的名字旁邊加上「聲音」（voice）一詞：

　　　　　　　瑪莉的聲音（MARY'S VOICE）
　　　（電話中）
　　　是我，我還在等著。

──────────── 分頁 ────────────

　　　　　　　奈德的聲音（NED'S VOICE）
　　　你再不開門，我就把門給撞垮。不要以為我
　　　不敢。

當使用這個方法時，畫外音和旁白都用同樣方法處理。無論你決定使用哪
個方法，在整個劇本中都要統一使用同一種寫法。

說出的文字

角色嘴裡吐出的一字一句包含了對白的重點。有一些規則需要特別注意：
首先，為了這些有台詞的演員著想起見，你必須拼出每一個對白裡的字
詞，所以要寫出整個「中尉」（Lieutenant）而不是只寫縮寫的「Lt.」；該
拼出整個「街道」（Street）或是「聖人」（Saint）：而不是使用它們的縮寫
「St.」。

　　　　　　　　　祖祖
　　　吉中尉（Lieutenant　Gi）住在聖人街
　　　（Saint Street）。

文法、口音和口語對白

角色說話的方式通常與他們的身分一致。他們的文法不總是完全正確的，

句子也不總是完整的，他們的說話方式與現實生活當中的人並無二致。由於這個緣故，劇本對白當中的錯誤文法不但很常見，而且還是被容許的：

> 史奈克
> 沒人可以阻止我。
> Ain't nobody gonna stop me.

你也可以使用非標準的拼字來展現角色對某些字詞的獨特發音方式：

> 格瑟里探員
> 我打算要對那個咦大利胖子艾克龐開槍。
> I plan to shoot that fat Eye-
> talian Al Capone.

> 史蒂芬馬丁
> 實在很拍拍拍謝。
> Well excuuuuuuse me.

角色口音的部份，也能夠以審慎修改拼字的方法來呈現。

> 德克斯
> 我們正準備要去垃圾堆裡挖寶。
> We're fixin' to do some dumpster
> divin'.

關於這種寫法的一個強烈建議：請不要過度使用，因為那只會讓你的劇本倒人胃口。口音的呈現方式可以從用字、句法、以及拼字方法的改變等等來做選擇，而且只要做一點些微的變化，就可以達到很好的效果。

在對白中強調部份字詞

如果要在對白中強調一個或多個字詞或增強它們的力道，可以把它們加底線：

米卡

不是這個。是那個。

Not this one. That one.

史密特

去吧。打給你紐約的律師。我們會毀了你。

We will bury you.

與指示內容的字詞加底線狀況相同，多個字詞下面的底線都是沒有分割的連續直線（不是「We will bury you.」）。也需要注意每個句子最後的標點符號下不加底線。

如果想在對白中更增強說話者的氣勢或力道，可以使用大寫加底線這種方式：

中士李托

開槍！開槍！！！

Fire your weapons! FIRE!!!

請注意：不要使用粗體或是斜體字。這個規則的產生源自於從前的劇本都是以 Underwood 牌打字機打出，而該種打字機無法打出粗體與斜體字。這個規定沿用至今仍有其意義，因為原始劇本會透過影印的方式傳發給劇組人員閱讀，而不佳的影印品質可能導致粗體和斜體字與正規體字看起來太過相似，讓人容易忽略台詞需加強的部分。

對白中的首字母縮寫與首字母略縮詞

對白中出現的首字母縮寫和略縮詞應該全部以大寫書寫。首字母縮寫要有縮寫點,來提示演員這些字母需要個別發音:

> 史瑞克
> 我們是在洛杉磯聯合學區的個別教育課程認
> 識的。
> We met at an I.E.P. for L.A.U.S.D.

首字母略縮詞不用加縮寫點,來提示這些字應該連成一體來發音:

> 史密斯
> 他為了經營一家愛滋病(AIDS)治療診所
> 而離開聯邦緊急事務管理署(FEMA)。

當某些字詞較具技術性或是相對陌生時,首字母縮寫的方式將有助於演員的發音:

> 貝克特醫生
> 給患者粒細胞集落刺激因子的皮下注射前,
> 要先做帶狀疱疹免疫球蛋白的肌肉注射。
> Push the V-ZIG I.M. before the
> G.C.S.F., which is given sub-Q.

儘管上面提到一些使用縮寫點的必要性,但是對於一些耳熟能詳的縮寫(例如TV和FBI),即使省去縮寫點,也不用擔心會造成讀者的困擾。

在對白中用連字號分開字詞

除非該字已經有加連字號了（例如sister-in-law），否則不要在對白中的右側邊緣用連字號將字詞分開。請將整個字移至下一行，不要把它拆開來，演員會因此感謝你！（例外的情況可能發生在長度很長的字出現的時候，因為對白的格式容納不下整個字，所以才有拆字的必要。但是不需太過擔心，這種字少得不能再少了。）

角色括號指令

角色括號指令是描述關於演員的動作或表情的提示文字，它們需被寫在括號內，然後出現在相應台詞的前一行或後一行：

喬納
（處於極度恐懼的狀態）
你為什麼不把我從船上丟進水裡？
（注視著波濤洶湧的水面）
我不會游泳，而且我很怕魚。

船員
我們怕的是溺死。
（看著他的其他水手，面帶微笑）
而且我們的人數比你們的多。

角色括號指令的五大規則

請依照下列五個原則來書寫角色括號指令：

1. **角色括號指令只能包含對台詞表達方式的敘述，或是角色在說話當下的動作描述。**千萬不能在此加入給非說話者的指示，也不能摻雜任何技術性的指示，譬如音效、給攝影機的指示等等。以下的寫法都是錯誤的：

> 阿麗絲
> （麥可進入場景）
> 嘿，最近好嗎？
> （麥可無視她的存在）
> 哈——囉——地球呼叫麥克。

> 崔佛
> （電話發出鈴響）
> 我是崔佛卓德。

> 格利芬
> 待在那別動。
> （走出攝影機視野，然後又走回來）
> 我買了這本書給你。

以上所有出現在括號內的動作，都應該被拿出來，放進正規的指示內容中：

> 麥可進入場景。

> 阿麗絲
> 嘿，最近好嗎？

> 麥克無視她的存在。

                    阿麗絲
        哈——囉——地球呼叫麥克。

電話發出鈴響。

                    崔佛
        我是崔佛卓德。

                    格利芬
        待在那別動。

他走出攝影機視野,然後又走回來。

                    格利芬
        我買了這本書給你。

Mike enters.

                    ALYSE
        Hey, what's up?

Mike ignores her.

                    ALYSE
        Hell-o. Earth to Mike.

The PHONE RINGS.

                    TREVOR
        Trevor Trotter speaking.

                    GRIFFIN
        Stay right there.

He steps OUT OF FRAME, returns.

                    GRIFFIN
        I got you this book.

2. **角色括號指令的第一個字母不要大寫，最後也不要加句點。**在這裡使用的標點符號主要是逗號和分號，不能用破折號、刪節號，也不能用句點。

請避免這樣的寫法：

> 哈姆雷特
> （享受著這句有名的台詞。）
> （Relishing the famous line.）
> 生存還是毀滅。

應該照下面這種方式來寫，第一個字母要小寫，然後刪除最後的標點符號：

> 哈姆雷特
> （享受著這句有名的台詞）
> （relishing the famous line）
> 生存還是毀滅。

也要避免這種寫法：

> 尼克森
> （指向錄音機……打信號要海德曼保持
> 安靜—面帶微笑）
> 我剛裝了新的錄音系統。你知道的，我得好
> 好愛惜自己的名聲。

應該用分號來取代刪節號和破折號：

> 尼克森
> （指向錄音機；打信號要海德曼保持安
> 靜；面帶微笑）

我剛裝了新的錄音系統。你知道的，我得好
好愛惜自己的名聲。

如同上方的例子所示，多個指令可以用分號來連接：

史立克中士
嘿，德國佬！
（停頓片刻；丟出個手榴彈；猛低頭）
接著。

有時候也可能有用到冒號的機會：

人口普查人員
（re：簿板夾）
在這裡簽名。

在相當罕見的情況下，還有可能會使用問號或是驚嘆號：

被告
（大口地吸氣！）
我想要跟你共進晚餐，法官大人。

史里拉
（有什麼好怕的？）
（what, me worry?）
放馬過來吧。

※譯註：「what, me worry?」的出處來自美國瘋狂雜誌（Mad Magazine）
的虛構封面人物阿福德紐曼（Alfred Neuman）。「what, me worry?」是紐
曼的經典名句，被後人拿來形容冷靜並面帶微笑地接受挑戰的樣貌。

3. 不要以「他」或「她」來開頭。因為這些指令文字是寫在說話者的正下方，所以無需多做解釋。

避免這樣的寫法：

> 探長
> （他拔出他的手槍）
> （he draws his gun）
> 停住！別動！

應該這麼寫：

> 探長
> （拔出他的手槍）
> （draws his gun）
> 停住！別動！

4. 不要讓角色括號指令的文字超過四行。

避免這種例子：

> 羅比
> 我讓你看樣東西。
> （打開抽屜，拿出塗滿鮮豔顏
> 色的三顆球，然後開始得意地
> 往空中拋去，玩起雜耍；不小
> 心掉了一顆球後，又再度重新
> 開始；他顯出有點尷尬的樣子）
> 我還只在入門階段呢。

應該這麼寫：

　　　　　　　　　　羅比
　　　我給你看樣東西。

他打開抽屜，拿出塗滿鮮豔顏色的三顆球，然後開始得意地往空
中拋去，玩起雜耍。他不小心掉了 一顆球後，又再度重新開始。

　　　　　　　　　　羅比
　　　　　（有點尷尬）
　　　我還只在入門階段呢。

　　　　　　　　　　ROBBIE
　　　Let me show you something.

He opens a drawer, pulls out three brightly
colored balls and starts to juggle. He drops
one and starts again.

　　　　　　　　　　ROBBIE
　　　　　(a little embarrassed)
　　　I'm still learning.

5. 不要在台詞結尾處加入指示文字。

避免這種寫法：

　　　　　　　　　　喬喬
　　　　　（大笑著）
　　　你少做春秋大夢了。
　　　　　（觸碰他的手臂）

應該這麼寫：

　　　　　　　　　　喬喬
　　　　　（大笑著）
　　　你少做春秋大夢了。

她觸碰他的手臂。

> JOJO
> (laughing)
> Don't you just wish.

She touches his arm.

這個規則有一個重要的例外，而這個例外是由劇作家約翰奧古斯特所提出來的論點：動畫片的劇本裡經常有角色括號指令出現在台詞結尾的情況，譬如「（嘆息）」以及「（緊張地大笑）」等等。

輕聲（sotto voce）、停頓（beat）、關於：（re:）

角色括號指令很常使用到這三個術語：「輕聲」、「停頓」以及「關於：」。

輕聲（sotto voce）是義大利語「低聲細語的意思」，用於角色括號指令來提示演員要以輕聲或靜悄悄的方式說出台詞：

> 總統候選人
> 今天能來北達科他州我真的很開心。
> （假笑；輕聲）
> (fake smile; sotto voce)
> 我非常不開心。

輕聲有時會簡寫為「放輕」（sotto）。

> 竊賊
> （放輕）(sotto)
> 把鐵鍬拿給我。

停頓（beat）是個劇本術語，意思是短暫停止。它常常出現在一般指示內容與角色指示文字中。

尼可拉斯

我們走路過去。

（停頓）(beat)

我想了一下，我們還是開車好了。

停頓有好幾種樣式：

山普森

（短暫停頓）(short beat)

為何不？

德賴拉

（長的停頓；搖著她的頭）

(long beat; shakes her head)

我們完了。

奔馬

知道我怎麼想的嗎？

（停頓兩拍；露齒而笑）

(two full beats;grins)

該死，我甚至不知道我在想什麼。

Z

（慢半拍）

(half a beat too slow)

我當然愛你。

詞彙「關於：」（re:），常常出現在角色括號指令中，意思是「關於某件事」：

懷特

（關於：他新剪的頭髮）

(re: his haircut)

你覺得怎樣？

外語的對白和字幕

當對白是用外國語言，可以用選定的那種語言書寫，如下：

拉斯・歐勒

Hvor er du, Hans?

如果你想為外語對白加上字幕，那麼請在角色指示文字中用小寫指明，再用英文（或中文，或其他你用來書寫劇本的主要語言）寫出對白內容，或者也可以讓劇組人員代勞，省去你花好幾年的時間去學這門外語：

拉斯・歐勒

（挪威語；上字幕）

(in Norwegian;subtitled)

你在哪，漢斯？

如果整段對白都要上字幕，那麼請在對白開始前的指示內容將「字幕」（SUBTITLES）以全大寫寫出來：

男子說德文，放字幕：

The men speak in German with SUBTITLES:

> 海爾慕
>
> 你看過U型潛艇嗎？

> 溫拿
>
> 沒有。但它的目的不就是要神出鬼沒地讓人
> 見不著嗎？

對白中的歌詞

除非是音樂劇的劇本，否則你需要以大小寫並用的方式來寫歌詞，並在歌詞的前後加上引號。請注意，當一句歌詞的句子較長而必須將它寫進下一行時，要在換行的開頭處空兩個半形空白格：

> 德克斯
>
> 「家，在山上的家
> 在那裡鹿和羚羊在
> 　嬉戲
> 在那裡很少聽到令
> 　人沮喪的話語
> 然後天空不會整天
> 　都灰濛濛的。」

> "Home, home on the range
> Where the deer and the antelope
> 　play
> Where　seldom　is　heard　a
> 　discouraging word
> And　the　skies　are　not　cloudy
> 　all day. "

如果這部電影是音樂劇，那麼所有的歌詞都要用大寫寫出來，同時不需要引號或是結尾的標點符號：

<pre>
                    德斯
          家，在山上的家
          在那裡鹿和羚羊在
                  嬉戲
          在那裡很少聽到令
                人沮喪的話語
          然後天空不會整天
                  都灰濛濛的

          HOME, HOME ON THE RANGE
          WHERE THE DEER AND THE ANTELOPE
            PLAY
          WHERE SELDOM IS HEARD A
            DISCOURAGING WORD
          AND THE SKIES ARE NOT CLOUDY
            ALL DAY
</pre>

在對白中分頁

絕對不要在對白的句子中間分頁。分頁只能出現在句子與句子之間，除此之外，還要在頁面底部寫上（更多）（MORE），然後在下一頁上方的角色名稱旁邊加上（續）（CONT'D）。

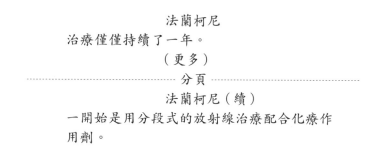

<pre>
                  法蘭柯尼
          治療僅僅持續了一年。
                  （更多）
  ------------------------- 分頁 -------------------------
                法蘭柯尼（續）
          一開始是用分段式的放射線治療配合化療作
          用劑。
</pre>

而不是：

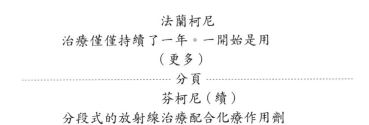

法蘭柯尼
治療僅僅持續了一年。一開始是用
（更多）
------------------------------ 分頁 ------------------------------
芬柯尼（續）
分段式的放射線治療配合化療作用劑

不要在頁尾的分頁處放置角色指示文字。正確的處理方式是把它放在下一頁的最上方，例如：

法蘭柯尼
文克斯汀。接受治療的病人不需住院。採靜
脈注射的方式。
（更多）
------------------------------ 分頁 ------------------------------
法蘭柯尼（續）
（筆記）
文克斯汀。查看副作用。

而不是：

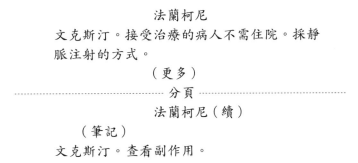

法蘭柯尼
文克斯汀。接受治療的病人不需住院。採靜
脈注射的方式。
（筆記）
（更多）
------------------------------ 分頁 ------------------------------
法蘭柯尼（續）
文克斯汀。查看副作用。

在被指示內容插入的對白加上（續）（cont'd）（CONT'D）或（繼續）（continuing）

當演員的台詞在插進指令內容後又再緊接著剩餘的台詞，代表這是一段連續性的台詞，而這種寫法是過去這些年一向的慣用做法。對這種情形的處理方式是在角色名字旁邊加上「（續）」（cont'd）／（CONT'D），或是在角色名字下面的角色括號指令寫上「繼續」（continuing）。請參考以下寫法：

瓊恩絲

進來吧。請坐。

電話響了。

瓊恩絲（續）（CONT'D）

我來接。

或是：

瓊恩絲

進來吧。請坐。

電話響了。

瓊恩絲（續）（cont'd）

我來接。

或是：

瓊恩絲

進來吧。請坐。

電話響了。

<pre>
                    瓊恩絲
            （繼續）（continuing）
        我來接。
</pre>

在每一個例子中，儘管中間插入了指令內容，演員卻仍然繼續說話，決定性的因素就在於這是同一個角色說出自己的台詞，而沒有其他角色出現在對白中。

在1980年代，好萊塢停止了這種在劇本上加註「繼續對白」的習慣。這種寫法在很多年後再度興起，是因為劇本寫作軟體內的預設程式會自動在角色的名字旁加上（續）。

劇作家現在可以自由選擇。如果你的劇本軟體在碰到對白被指令打斷的情況會自動加（續）／（繼續），你可以保留這個設定，因為讀者已經相當習慣這種寫法了。當然，你也可以依個人喜好而關掉這個設定。我偏好省去角色名字旁的（續），是因為我想要縮減字數，以及增加劇本的閱讀效率。

重要警告：有一個地方一定要在角色名稱旁加上「（續）」，那就是多鏡頭的電視劇本格式。

兩人、三人和四人同時說話

我們在前面有討論過多個角色對白的書寫方式，不過還有另一種較具彈性的替代寫法可以使用。它們是以並列成欄的方式呈現，如下：

史萊德基
我跟他說過了，但是
他聽不進去。他一向
都不聽別人的。
（沒在聽）
你想要我怎麼做？

伯恩
我很清楚地告訴過你
該說什麼。我也跟你
說過如果他不聽的話
該怎麼做。為什麼你
都沒在聽？

完整且個別的對白可以用平行的欄位來書寫：

史蘭德基
曼尼在嗎？

瑪麗亞（V.O.）
他在紡織廠。

史蘭德基
真的嗎？我以為他上
晚班。

瑪麗亞（V.O.）
他幫請病假的人代班。

史蘭德基
告訴他我打來過。

莉絲特
這裡是柏克曼醫師的
診所。

珠兒（V.O.）
我的檢驗結果出來了
嗎？

莉絲特
還沒。檢驗室把妳的
和別人的樣本搞混
了。我們需要妳回來
再做一次抽血。

珠兒（V.O.）
喔不，妳不是認真的
吧。

我們可以安排兩個、三個、四個，甚至五個角色同時說話：

史蘭德基
孩子們，我回來了。有人想要吃披薩嗎？

瑞秋
這從哪兒來的？

後普
我想吃臘腸。

彼得
我不餓。

史蘭德基在流理台上打開盒子。

史蘭德基
趕快來吧。這是義式香腸披薩。

瑞秋	後普	彼得	艾蜜莉
從哪家？	沒有臘腸嗎？	我不餓！	耶！！！

史蘭德基
潘姆在哪？

潘姆從浴室走進來。

潘姆	瑞秋	後普	彼得	艾蜜莉
我來了。	潘姆是誰？	潘姆討厭披薩。	潘姆欠我五塊錢！	耶，潘姆！！！

要注意，同時進行的對白讀起來可能會令人厭煩，所以務必斟酌、減少使用。

同步說台詞的頁邊留白

同步說對白的頁邊留白請參考如下：

● 兩個人同時說話

1. 對白

　　說話者一

　　　　左側頁邊留白為1.9英吋。

　　　　右側頁邊留白為4.5英吋。

說話者二

　　左側頁邊留白為4.0英吋。

　　右側頁邊留白為2.0英吋。

2. 對白上方的角色名字位置

　　說話者一

　　　　左側頁邊留白為2.7英吋。

　　說話者二

　　　　左側頁邊留白為5.2英吋。

● 三個人同時說話

1. 對白

　　說話者一

　　　　左側頁邊留白為1.7英吋。

　　　　右側頁邊留白為5.3英吋。

　　說話者二

　　　　左側頁邊留白為3.5英吋。

　　　　右側頁邊留白為3.5英吋。

　　說話者三

　　　　左側頁邊留白為5.3英吋。

　　　　右側頁邊留白為1.7英吋。

2. 對白上方的角色名字位置

　　說話者一

　　　　左側頁邊留白為2.2英吋。

　　說話者二

　　　　右側頁邊留白為4.0英吋。

　　說話者三

　　　　左側頁邊留白為5.8英吋。

• 四個人同時說話

1. 對白

　　說話者一

　　　　左側頁邊留白1.6英吋。

　　　　右側頁邊留白5.8英吋。

　　說話者二

　　　　左側頁邊留白3.0英吋。

　　　　右側頁邊留白4.4英吋。

　　說話者三

　　　　左側頁邊留白4.4英吋。

　　　　右側頁邊留白3.0英吋。

　　說話者四

　　　　左側頁邊留白5.8英吋。

　　　　右側頁邊留白1.6英吋。

2. 對白上方的角色名字位置

　　說話者一

　　　　左側頁邊留白為 1.9 英吋。

　　說話者二

　　　　左側頁邊留白為 3.3 英吋。

　　說話者三

　　　　左側頁邊留白為 4.7 英吋。

　　說話者四

　　　　左側頁邊留白為 6.1 英吋。

有關對白的 Q&A

Q1：演員不是都很討厭角色指示文字嗎？他們是不是拿著劇本坐下後，就把這些指示文字都刪掉？

A：唔，沒有喔。但你就是會聽到那些信誓旦旦的謠傳。事實上，專業的劇作家經常使用這種指示文字。約翰威爾斯（John Wells），前任美西作家協會的會長，同時也是《中國海灘》、《急診室的春天》、《三支錶》（Third Watch）、以及後期《白宮風雲》（The West Wing）等等的節目負責人，就經常大量地使用角色括號指令。但是他不用這些指令來告訴演員應該如何說出他們的台詞，譬如（很生氣地）或是（憂鬱）這類很明顯的表情指示。取而代之的是，他用（and, 以及）和（then, 接著）等等文字來呈現對白的節奏和步調，所以不但較長的對白能因此被分段，而且每段台詞有更多獨

立情感表垷的機會。他運用這些指令的方式，如同詩人利用不同的詩句長度來改變節奏、表達情感，與創造意境。

請參考並思考下面例子裡使用角色括號指令的方法：

EXT. 山區救火道路 — 白天

潔姬和席薇雅沿著馬里布山脈健行。

> 席薇雅
> 他想見面？在哪？

> 潔姬
> 在聖弗南多山谷那邊的一間餐廳。

> 席薇雅
> 妳要去嗎？

> 潔姬
> 不！
> （接著）
> 我不知道。
> （接著）
> 我該去嗎？

> 席薇雅
> 嗯……妳想讓這段關係發展到什麼程度？

> 潔姬
> 什麼意思？

> 席薇雅
> 我是說，妳和大衛在一起真的有那麼不快樂
> 嗎？

潔姬停了下來。她喝了一口水瓶裡的水後，眼睛望向太平洋。

> 潔姬
> 我不會離開他。我沒辦法對我的孩子們做出
> 這種事。

> 席薇雅
> 直到死亡將你們分開。
> （停頓）
> 所以妳到底想要什麼？

> 潔姬
> 喔天啊，席薇雅，能夠和那麼談得來的男人
> 聊天，感覺真的很棒。我孤單了那麼長一段
> 時間，但居然連我自己都不知道。
> （停頓）
> 如果我可以再次開心地活著，這對大家來說
> 不是都比較好嗎？

> 席薇雅
> （喝一陣子的水）
> 妳知道我怎麼想的嗎？
> （不懷好意地笑）
> 妳應該跟這個男人遠走高飛，然後我會搬進
> 妳家，取代妳的角色。

角色括號指令的合理使用範圍包含了：

- 將長的對白分段，使其看起來較短，或為了調整說對白的步調。
- 當台詞本身（或是上下文）看起來沒有明顯的情緒表達，或是台詞內容和被期待的情緒反應恰巧相反時，能夠清楚指示演員在某些情況做適當的情感表現。

• 描述角色在對白當中進行的行動。

沒有任何演員有可能會刪除這一類的指示內容。

Q2：你認識任何名叫佛瑞德的男人嗎？

A：認識。

Q3：我想要觀眾在還沒真正切入某一幕前就聽到來自該場景的對白。我想這個叫做聲音提前切換（pre-lap voice over）。我該怎麼寫？

A：如下：

> EXT. 辛克萊爾的房子 — 夜晚
>
> 一個奇特且不可思議的景象。鏡頭奇異地漂浮在辛克萊爾的房子上方，由上往下俯視著，那種視覺感讓人覺得彷彿在作夢一般。突然間，一陣小孩的叫喊聲打破了寂靜的夜空。
>
> 查理（V.O.）
> 我知道這是個夢但—
>
> INT. 查理的臥室 — 夜晚
>
> 睡眼惺忪的柔伊坐在床上輕輕撫摸著查理的背。查理以充滿驚恐的眼神看著賈姬。
>
> 查理
> 妳難道不記得去年夏天，我夢到魏斯坡死
> 了—然後他就被車撞死了嗎？

Q4：那天在赫爾辛基的那個人是你嗎？

A：可能是。你也在那嗎？

▌05 轉場
TRANSITIONS

轉場是指將拍攝鏡頭或場景切換至下一個的方法。它包含了切換（cuts）、溶接（dissolves）、淡化（fades）和劃接（wipes）：

FADE IN：

三個巨大的南瓜

在德州的豔陽下熱得發燙。

DISSOLVE TO：

小男孩

劃了一根火柴。

CUT TO：

稻草人

在烈焰中燒著。小男孩凝視著被火吞噬的稻草人。

WIPE TO：

300磅重的農夫

揪著小男孩的耳朵，把他拉往柴棚的方向。

FADE OUT.

除了淡入之外，所有的轉場詞都是寫在從頁面左側邊緣算來6.0英吋處。

淡化（fades）

「淡入」（FADE IN）是指以漸進的方式從單色（通常是黑色）逐漸轉換至正常拍攝的畫面。「淡出」（FADE OUT）則是反過來，從正常畫面逐漸變成全黑。「淡入」會以全大寫寫在頁面左側作為指示內容，後面還要加冒號，如下：

FADE IN:

「淡出。」會以全大寫打在頁面的左側邊緣算起6.0英吋處，後面則要加句點，像這樣：

FADE OUT.

院線電影的劇本一般來說都以淡入來開場，然後用淡出做結尾，但不是所有電影都是以這兩種方式處理片頭與片尾。

電視劇本則通常會被分成好幾幕，幕與幕中間的部份代表廣告時段。典型的做法是每一幕都以淡入開始，然後以淡出結束。

你也可以用「淡化至全黑」（FADE TO BLACK）取代「淡出」一詞：

FADE TO BLACK.

如果轉場是由拍攝畫面淡入至全白的場景，請寫成「淡化至全白」（FADE

TO WHITE），像這樣：

FADE TO WHITE.

切換（cuts）

「切換」（CUT TO:）是指由一個場景立即轉移至下一個場景，這是最常見的轉場方式：

CUT TO:

如果作家沒有在劇本中註明轉場，讀者仍會假定場景有所切換。實際上，就算整個劇本裡都沒有特地指出轉場的方式，讀者也會假設每一個轉場就是場景切換。

那為什麼劇作家仍會想要指示特定的場景切換呢？

有些作家會在連續拍攝的每個場景後都加入「切換至：」，以建立節奏感或流暢感。「切換至：」也可以在看起來擁擠的頁面增加一些空白處，為讀者的視覺帶來一些喘息的空間。同時，將「切換至：」加在一個連續拍攝場景的結尾處，可以加強一種定局感，這種感覺除了讓讀者可以更明確的知道某事已經結束，也為即將發生的事件揭開序幕。

注意「切換至：」（CUT TO:）是以全大寫書寫，並且後面要加冒號。

切換場景還有許多不同的形式，包括「直接切換至：」（HARD CUT TO:），一種令人感到不自然、且有些不快的場景轉換表現手法：

珍妮聞著玫瑰花的花香。

直接切換至：

發出刺耳聲響的火車頭

往她身上壓過來。

Jenny smells the rose.

HARD CUT TO:

SCREAMING LOCOMOTIVE

bearing down on her.

「快速切換」（QUICK CUT TO:）並不是指它的實際切換動作比其他切換要來得快，而是指場景切換的時間點發生得比正常的或預期中的還早：

而且正當傑森轉向刺眼的燈光——

QUICK CUT TO:

「時間切換」（TIME CUT TO:）強調從一個鏡頭到下一個鏡頭之間，存在著時間的轉換：

遠離拍岸的浪花，史威尼在乾燥的沙灘上打著盹。

時間切換至：

同一個場景 — 兩個小時之後

一陣浪潮沖過史威尼身上，發出劈啪的聲響，喚醒了他。漲潮的潮水開始入侵沙灘了。

Far above the surf, Sweeney dozes on dry sand.

                                    TIME CUT TO:

SAME SCENE - TWO HOURS LATER

A wave washes over Sweeney and wakes him,
sputtering. The tide has come in.

「匹配剪輯至：」（MATCH CUT TO:）是指第一個鏡頭拍攝的畫面，無論
在視覺上或是主題上都呼應下一個鏡頭拍攝的畫面：

　　身材臃腫的女性張嘴開始唱歌。

                                    匹配剪輯至：

　　小莎莉索特

　　如報喪女妖般地驚聲尖叫著。

The fat lady opens her mouth to sing.

                                    MATCH CUT TO:

LITTLE SALLY SALTER

screaming like a banshee.

「切換至黑色」（CUT TO BLACK）（或白色或是其他顏色）可以取代「淡
出至全黑」，它可以用來創造戲劇性的效果。使用時後面要加句點，如：

　　德瑞克醫師把切骨鋸放在吉米腿上的適當位置。

                                    CUT TO BLACK.

溶接（dissolves）

溶接是由一個畫面以漸進的方式轉換至另一個畫面，通常用來暗示時間的
流逝：

> 瑪格莉特修女坐在法庭外面等待著。

> DISSOLVE TO:

> INT. 法院 ─ 稍晚

> 數小時過去了，瑪格莉特條女仍然待在原地。她仍然在等著。

就像切換一樣，溶接也有多種不同的形式。有「慢溶接」（SLOW
DISSOLVE TO:）、「快溶接」（FAST DISSOLVE TO:）以及具有波浪效果
的「波狀溶接至：」（RIPPLE DISSOLVE TO:），通常是用來間接表明由現
實轉換到白日夢或幻想的狀態：

> 史林坐在他的輪椅上，盯著那匹馬看。

> 波狀溶接至：

> 天堂般的草原

> 史林騎著馬全速奔馳，如同他從前還是個牛仔時的樣子。

> Slim sits in his wheelchair and stares at the
> horse.

> RIPPLE DISSOLVE TO:

> HEAVENLY PASTURE

> Slim rides at a full gallop, like the cowboy
> he once was.

如果用來標明轉場的用詞太長、超出右側的頁邊設定而延伸至下一行，則將它往回倒退，以讓它們維持在同一行內：

> 喬許和海瑟手牽手站在海灘上，盯著一望無際的大海。
>
> 極緩慢的溶接至：
>
> 太平洋上的落日
>
> Josh and Heather stand hand in hand on the beach, staring out to sea.
>
> UNBELIEVABLY SLOW DISSOLVE TO:
>
> SUNSET OVER PACIFIC

劃接（wipes）

劃接是一個獨具風格的轉場方法，指新畫面以滑動或抹過舊畫面的方式出現：

> 蝙蝠俠和羅賓
>
> 跳進蝙蝠車內。輪胎快速轉動，火焰自後方噴出——
>
> 劃接至：
>
> EXT. 高譚市　警察總部　——　白天
>
> 蝙蝠車打滑後剎住，充滿活力的二人組飛身下車。

```
BATMAN AND ROBIN

leap into the Batmobile. TIRES SPIN, flame
spews -

                                      WIPE TO:

EXT. GOTHAM CITY POLICE HQ - DAY

The BATMOBILE SKIDS to a stop and the dynamic
duo dismounts.
```

在轉場時分頁

當有需要在轉場的時候分頁，一定要在轉場之後，而非轉場之前，才能分頁。如果非要把轉場移到下一頁不可，那麼也要將轉場前的一部份場景一併移至下一頁。除了淡入之外，絕對不能把轉場放在每一頁的開頭。

06 標點符號
PUNCTUATION

作家們應該要特別注意劇本中的標點符號這個主題。

句點、縮寫點

一個句子結束的句點後面一定要加兩個空白格（半形空格）。然而，在場景標題中，縮寫點也是室外（EXT.）與室內（INT.）兩字的縮寫的一部分，縮寫點之後只要空一個半形空白格：

    EXT. 驅逐艦

刪節號

英文刪節號是三個半形點（即英文的句點）後面加一個空白格（中文刪節號則為六個全形點，後面不加空白格）。它最常被使用在對白中，表示角色再度開始說話前的欲言又止、聲音減弱等等情況：

                  馬芬
        我想告訴你我會幫你，但是我……我不知道。
        I'd like to say I'll help you
        but I just... I don't know.

刪節號也用於角色已經開始說話（鏡頭是中途才加入這個場景）的情況：

新聞主播（V.O.）
……惡劣天氣伴隨著強風朝著懷恩多特郡移
動。
... Severe weather moving
toward Wyandotte County with
strong winds.

刪節號有時候會有被過度濫用的情形。如果逗號足以表達你的文意，就用
逗號吧！把刪節號留到專門的用途上使用。

破折號

在英文裡，破折號是由兩個連字號組成，而且前後都要空一格（中文的破
折號則是一長橫）。通常用於對白或指示內容中，用來引領破折號間的補
充說明文字：

他戴著一頂軟帽——就是挪威漁夫戴的那種帽子——走路搖搖晃
晃，看起來像是醉得不行了。
He's wearing a floppy hat -- the kind worn by
Norwegian fishermen -- and staggering around
like a serious drunk.

破折號也會用在對白突然中止的狀況：

海爾吉
什麼——
What the --

還有，不要讓破折號獨佔一行，如下：

帕西

為何會有人說那已經超過

——

Why anyone would say that is beyond

--

取而代之，把最後一個字往下移動，和破折號寫在一起：

帕西

為何會有人說那已經超

過——

Why anyone would say that is

beyond --

連字號

在劇本中，連字號的使用方式與一般日常書寫方式相同，像是用來連接字詞，譬如婆婆或是岳母（mother- in-law）、三歲（three-year-old）等等，以及把指示內容中行尾較長的字分隔到下一行：

泰迪衝向軌道，試圖在火車尚未通過平交道前先穿過去。
Teddy races toward the tracks, trying
to beat the locomotivate to the cross-
ing.

請節制使用指示內容行尾加連字號的這種書寫方式，然後也要注意不能連續兩行的尾端都出現連字號。

除此之外，不要在台詞的行尾使用連字號（除非文字本身就帶有連字號，像是writer-director），請不要使用下面這種寫法：

馬諦斯醫生

基於今天拍的片子，患者得的可能是髓母細
胞瘤。
Based on the imaging today,
medulloblastoma is a possi-
bility.

請這麼寫：

馬諦斯醫生

基於今天拍的片子，患者得的可能是髓母細
胞瘤。
Based on the imaging today,
medulloblastoma is a possibility.

在場景標題中，連字號有特別的處理方式。當連字號被用來區隔場景標題中的不同要素，連字號會如同三明治般，一前一後的被夾在兩個半形空白格當中：

CLOSE SHOT - CLAW HAMMER

你也可以用連字號來組成複合字，如下面這種方式：

這匹馬兩歲大。是一隻兩歲大的母馬。
The horse is a two-year-old. She's a two-year-
old horse.

但下面這種寫法不能加連字號：

> 這匹馬兩歲。
> The horse is two years old.

引號

英文引號通常使用在所有引用的文字內容，除此之外，下列物品的標題也
要加引號：

- 歌曲
- 詩
- 短篇故事
- 電視影集
- 報紙的文章
- 雜誌的文章

英文的句點和逗號一定要寫在引號之內（中文則否）：

> 在螢幕上出現重播的《蓋里甘的島》、《豪門新人類》以及《天才
> 小麻煩》。
> On the monitors, reruns are playing of
> "Gilligan's Island," "The Beverly Hillbillies"
> and "Leave it to Beaver."

而冒號和分號一定要寫在引號之外：

> 賽門哼著〈小柑橘〉；崔維諾寫下他稱為「我的男孩」的兩個名
> 字：「強尼沃克」以及「傑克丹尼爾」。

> Simon hums "Clementine"; Trevino pens the names of what he calls "my boys": Johnny Walker and Jack Daniels.

如果引用的文字內容本身就包含問號或驚嘆號，那麼要把這些原本就有的標點符號也都包含在引號之內：

> 教堂前的橫布條上面寫著「哈雷路亞！」
> The banner at the front of the church reads, "Hallelujah!"

> 格雷芬看著「Got Milk?」的廣告放聲大笑。
> Griffin laughs too loud at the "Got Milk?" commercial.

※ 譯註：「Got Milk?」是美國從90年代開始延續至今的廣告活動，用意在鼓勵民眾，尤其是發育中的孩童及青少年，多多喝牛奶。

但問號以及驚嘆號如果不包含在任何引用文字的內文裡，就必須寫在引號外面：

> 當馬匹跳躍過火焰時，乘在馬上的騎士用口哨吹著「威廉泰爾序曲」！
> The horse leaps through the flames while the rider whistles "The William Tell Overture"!

> 誰會猜得到他有對佛洛斯特的《未行之路》了然於胸的必要？
> Who could have guessed he'd need to know the words of Frost's "The Road Not Taken"?

加強底線

多個字詞的加強底線是持續的、沒有中斷的一道直線，而句末的標點符號
不能加劃底線。正確的例子如下：

> <u>錢不見了</u>。
> <u>The money is gone</u>.

而不是：

> <u>錢</u> <u>不</u> <u>見</u> <u>了</u>。
> <u>The</u> <u>money</u> <u>is</u> <u>gone</u>.

也不是：

> <u>錢不見了。</u>
> <u>The money is gone.</u>

在好萊塢劇本裡，可以加劃底線的物品如下：

- 船名
- 太空船名
- 飛機名
- 書名
- 雜誌標題
- 報紙標題
- 電影名
- 劇本名

桌子上有一本攤開的《時代雜誌》、米爾頓的《失落的天堂》以及《哈姆雷特》，還有有關艾諾拉《蓋號轟炸機》和麥德森《驅逐艦》的書。

```
Spread on the desk are a copy of the Times,
Milton's Paradise Lost, and Hamlet, plus books
about the bomber Enola Gay and the destroyer
Madison.
```

直接陳述中的標點符號和大寫

直接陳述是指在對白中，說話的角色直接喊出與他對話的人物名字的情況。**直接陳述中使用的名字，需要加上逗號或其它標點符號，以與其餘的對白內容做區隔。**

薩爾

嗨，黛比。最近還好嗎，瑪姬？妮基，妳介意把青豆遞過來嗎？

```
Hi, Deb. How's it going, Marge?
Nikki, you mind passing the
peas?
```

此外，如同需要大寫正式名字的第一個字母一般，大寫任何在直接陳述中用到的名稱的頭一個字母：

威廉
（招呼他的客人）

哈囉，爸。嗨，媽。你好嗎，教練？很高興見到你，賽爾吉。還有你，警官。還有，法官大人，哇，真是我的榮幸！

```
Hello,  Dad.  Hi,Mom.  How  are
you,  Coach?  Nice  to  see  you,
Sarge.  You  too,  officer.  And,
Your  Honor,  wow,  what  a  honor.
```

但是不要大寫寵物的名字、表示親密的稱呼以及其他類似的名稱：

威廉

這是一個很棒的派對，親愛的。我是認真
地，甜心。
（對微醺的客人）
是時候回家了，朋友。

```
It  was  a  great  party,  honey.  I
mean  it,  sweetheart.
          (to  tipsy  guest)
Time  to  head  home,  pal.
```

如果角色名稱不是以直接陳述的方式在對白中使用的時候，不要大寫這些
非正式的名字（例如媽媽、教練、中士）：

威廉

真是一個超棒的派對！我爸在場，還有我媽
和我高中的短跑教練，以及我之前的演習中
尉，和法官雷蒙，甚至那位看起來像卡爾莫
爾登的警官也都出席了。

```
What  a  party!  My  dad  was  there.
So  was  my  mom  and  my  high
school  track  coach  and  my  old
drill  sergeant  and  Judge  Lemon
and  that  nice  police  officer  who
looks  like  Carl  Malden.
```

▌ 07 從初稿到完稿

劇本初稿與已經在拍攝中的完稿，在兩個重要層面看起來完全不同：第一個是有沒有場景數字，第二個是頁面頂端與底部有沒有「繼續」這個詞。

出現在頁面頂端和底部的「繼續」

當場景從一頁延續至下一頁時，拍攝中的劇本會在那頁的下方寫著「（繼續）（CONTINUED）」這個詞，然後再將「繼續：」（CONTINUED：）同樣寫在下一頁的上方。

「（繼續）」是位於最後一行文字下空一行（設定「2倍行高」）的地方，必須寫在頁面左側邊緣算起6.0英吋處。「CONTINUED」一字必須全大寫，並且寫在括號內。

「繼續：」必須寫在頁碼下面空一行之處，頁面左側邊緣算起1.7英吋的地方。必須全大寫，並且後面要加冒號。

以「繼續」做分頁後的頁面看起來應該像這樣：

    INT. 戰場 — 破曉

      太陽在倒下的士兵旁緩緩升起，在他們身上染上了深紅的色調。

一群衣衫襤褸的孩子們在橫七八豎的屍體中四處遊蕩，想要看看能否找到生還者，或者還能穿的軍靴。

（CONTINUED）

———————————————— 分頁 ————————————————

21.

CONTINUED：

聯盟隊長
喂！年輕人！出發了！
（轉向他的士兵）
每個人都知道自己該做什麼吧。動起來！我們一起做好！

士兵們開始不情願地穿越戰地。

切換至：

唯有同一個場景需要分頁時才要加上「CONTINUED」這個字。如果某場景在頁尾結束，而新的場景開始於下一頁的頂端，就不需要加「CONTINUED」：

INT．衣櫃 — 白天

史密特仔細聆聽著，他聽到腳步聲逐漸遠去。他轉動門把，推開衣櫥的門。

———————————————— 分頁 ————————————————

35.

INT．走廊 — 白天

史密特往走廊探出頭，然後朝兩邊都看了一下。四下無人，看來他可以安心了。他踏進了走廊。

「繼續」這個詞可能會在許多不同時機出現在劇本裡，但是如果劇本裡有編入場景數字的話，標準格式要求作者要在頁首與頁尾使用「繼續」。

在頁面的開頭和末端使用「繼續」會佔據一些本來是屬於文字的空白空間。因此，當你在劇本裡加入「繼續」，頁數也必然會增加，而且通常會增加百分之十一左右。

場景數字

劇本只有在進入前製作業這個階段才需要有場景數字。也就是說，在尚未到達前製作業之前，劇本不應該要有任何場景數字。

替劇本添加場景數字的時候，都是從數字1開始依序編排，然後每個場景標題都會有一個自己的編號。（一個較少見的替代方法是只在主要場景標題，也就是場景移換到新的地點或新的時間的時候，才加上場景數字。）

場景數字都是打在場景標題左右兩側，如下：

22 EXT. 格蘭特的總部 — 夜晚   22

左側的場景數字需寫在頁面左側邊緣算起1.0英吋處。

右邊的場景數字則是寫在從頁面左側邊緣算起7.4英吋處。

如果場景標題較長而延伸到下一行，場景數字仍需寫在第一行的兩側：

9 EXT. 紐約市 — 中央公園 — 遠景 — 球   9
    場 — 白天

當場景從一頁延續至下一頁時，下一頁的場景數字則要和「繼續」放在同一行：

121   EXT.   戰地 — 黎明   121

      太陽在倒下的士兵旁緩緩升起，在他們身上染上了深紅的色調。一群衣衫襤褸的孩子們在橫七八豎的屍體中四處遊蕩，想要看看能否找到生還者，或者還能穿的軍靴。

                                     （CONTINUED）

                                     109.

121   CONTINUED: 121

                    聯盟隊長
                喂！年輕人！出發了！

如果以上的場景開始於108頁然後延續到109頁，但是因為場景太長而延伸至110頁，那麼我們必須在110頁的「繼續」旁寫上（2），而且這個2必須寫在括號內：

                                     110.

121   CONTINUED:（2）   121

                    陸軍中士
              把那些槍枝收過來放在這裡。

別被搞迷糊了。即使110頁是場景的第三頁，他也只是第二個場景的續頁，所以才會在「繼續」後加（2）。

如果這一個場景拍攝持續進行，則需要在第111頁寫上「繼續：（3）」，在第112頁寫上「繼續：（4）」等等持續下去，直到新一幕場景帶著新的場景數字出現。

當場景數字被鎖定後

劇本進入到前製作業後，最終會被編入拍攝大表（eventually boarded）內，而這個拍攝大表是根據場景數字而組成的。如果因為增添或是刪除場景而導致場景數字有所改變，可以在劇本尚未編入拍攝大表之前對場景重新編號。但劇本只要被編入拍攝大表之後，場景數字就會被鎖定而無法再做任何修改，因為一旦拍攝大表成立，製作團隊就會根據表格上的場景數字開始進行拍攝與準備工作。

刪除的場景

如果需要把已無法更動的劇本中的某場景刪除，應該以如下的方式來表示：

121	OMITTED	121

122	INT. 格蘭特的帳篷 ─ 夜晚	122
	軍官們為了等待將軍的指示而集合在一起。	

如此一來，所有的數字都有與其相應對的場景，而不會出現「場景121到哪兒去了？」這種疑惑。

如果兩個場景都被刪除，那麼以下是描述方式：

```
120      OMITTED                                    120
&                                                    &
121                                                 121

122      INT. 格蘭特的帳篷 ── 夜晚                  122

         軍官們為了等待將軍的指示而集合在一起。
```

如果有超過兩個以上的場景被刪除，指出刪除的方式如下：

```
118      OMITTED                                    118
thru                                                thru
121                                                 121


122      INT. 格蘭特的帳篷 ── 夜晚                  122

         軍官們為了等待將軍的指示而集合在一起。
```

編排「A」場景

如果在定稿後還要增加新的場景，我們需要給這個新場景一個新的、特別的數字，在下面的的範例中，新場景的名稱是121A：

```
121      OMITTED                                    121


121A     EXT. 夜空                                  121A

         厚厚的雲層遮住了又大又圓的月亮。


122      INT. 格蘭特的帳篷 ── 夜晚                  122

         軍官們為了等待將軍的指示而集合在一起。
```

如果有兩個或超過兩個以上的新場景增加至上面這個例子裡，那麼它們的場景數字就會是以121A、121B、121C等方式來編排。在非常罕見的情況下會有新增超過26個以上的場景，然後把26個英文字母全部用完這種可能性。但是如果真的發生了，則把場景121Z之後增加的場景用121AA、121BB、121CC……等來表示。

如果場景號碼內有字母I或是O，請加個連字號，如此一來字母就不會和數字搞混：

```
121-I   OMITTED                                         121-I
thru                                                     thru
121-O                                                   121-O
```

如果在場景121和121A建立一段時間後，有必要在這兩幕之間另外新增一幕場景，那麼這個新場景就必須編號為A121A：

```
121     OMITTED                                           121

A121A   視角在營火上                                     A121A
        火花隨著裊裊的煙霧一同升空。

121A    EXT. 夜空                                        121A
        厚厚的雲層遮住了又大又圓的月亮。

122     INT. 格蘭特的帳篷 ── 夜晚                        122
        軍官們為了等待將軍的指示而集合在一起。
```

如果需要插入兩個或超過兩個以上的新場景，則需以A121A、B121A、C121A等等數字和字母的組合來表示。

新增場景數字的使用原則，是場景A1放在場景1之前；而場景1A則放在場景1之後。

紙張顏色不同的劇本

當劇本第一次大量地被傳發到製作團隊手上時，都是印製在白色的紙張上。為了防止劇組人員對不同版本的同一劇本產生混淆，在發放後續版本時會使用不同顏色來印製劇本。導演如果說：「你拿到牛皮紙色的劇本了嗎？」而演員可能回答：「牛皮紙色？我還在讀綠色的呢。」在美國，劇本用紙顏色的標準順序為：

1. 白色
2. 藍色
3. 粉紅色
4. 黃色
5. 綠色
6. 黃花色（goldenrod）
7. 牛皮紙色（buff）
8. 鮭紅色（salmon）
9. 櫻桃色（cherry）
10. 棕褐色（tan）

棕褐色之後就重複這個顏色循環，也就是再度從白色開始。美國以外的電影製作團隊，則常常還會使用其他的顏色。

修改記號

一旦劇本開始大量發送給劇組人員，後續的版本裡應該要標上修改標誌，好讓製作群組能夠快速地找到劇本中修改過的地方。修改標誌會出現在右側的頁邊留白，從頁面的左側邊緣算起7.8英吋處，而且與修改過的句子並列同行。最常見的修訂標誌是星號「＊」：

121	OMITTED	121
121A	視角在營火	121A ＊
	火花隨著裊裊的煙霧一同升空。	＊
121B	EXT. 夜空	121B ＊
	厚厚的雲層遮住了又大又圓的月亮。	＊
122	INT. 格蘭特的帳篷 ── 夜晚	122
	軍官們為了等待將軍的指示而集合在一起。	

如果某一頁出現許多修改過的部分，甚至用到多達十個以上的星號標誌，替代的處理方式是在頁面頂端使用一個星號標誌，而且這個星號標誌需要放在頁碼的右側，如下：

121   CONTINUED:（2）   121

陸軍中士
把那些槍枝收過來放在這裡。

完整稿件 VS. 修訂頁面

很多時候明明劇本已經大量傳送到製作人員手上了，卻又出現多達一半以上的劇本需要做修改的情形，所以一本全新、完整的劇本會再重新印製並發送給工作人員。碰到這種情況時，劇本的頁碼也會更動，因為刪除的場景部分會被由下往上移的文字填補，而某些地方則是要騰出空間給新增的內容，所以原本寫在那裡的文字就會被往後移動。一旦內文經過這樣的更動，頁碼也必然會跟著改變。

其他時候，劇本可能只有幾頁需要修改，而且只有修改過的那幾頁（通常又稱為修訂版）會被重新分發給工作人員。在這種情況下，沒有修改過的部分就不會重印，而劇組人員只需要就他們手上現有的劇本把舊的那幾頁換成新修改的內容。這種做法不僅僅是節省紙張和開銷，同時也可以保留絕大部分的現有劇本，因為在前製作業或已進入製作過程的劇本裡，往往已經充滿了工作人員的筆記或註解。

舉例來說，某個劇本完稿是以藍色色紙印製並傳發給劇組人員，而後來這

個版本的第七頁需要做修改,而修改過的部分會有修改標誌指出更動的地方,之後新的第七頁就會以下一個循環顏色的粉紅色印製好再發送出去。收到這張修改色紙的工作人員會抽出藍色劇本中的第七頁,再將新的粉紅色第七頁放入來取代原先藍色的一頁。

在實際製作過程中,整個修改過的頁數可能會達到40或50,甚至 60頁,但是處理的原則不變:將既有的頁面先抽出,然後替換成新的頁面。這個換發修改頁面的過程會頻繁地持續發生,直到劇本含有每一種不同顏色的紙張,「彩虹劇本」(rainbow script)的名稱就是由此而來。

修訂標題

修訂頁的每一頁都會在頁面的頂端放置修訂標題。這個標題需要和頁碼寫在同一行,然後除了劇名(全大寫)之外,還要加上修訂日期:

> 《是誰躲在桌子底下》 — 修訂 3/11/09　　　　　　　17.
> UNDER THE TABLE - Rev. 3/11/09

Rev. 是英文Revise(修改)的縮寫。

如果是電視影集的話,則要寫上影集名(全大寫)以及這一集的標題(大小寫加上引號),然後再加上修訂日期:

> 《雙面女間諜》—〈分離後的生活〉— 修訂 2/21/04　　59.
> ALIAS - "A Life Apart" - Rev. 2/21/04

修訂標題要從頁面左側邊緣算起 1.7 英吋處開始寫起。

從修訂頁中刪除內容

如果要在修訂頁裡刪除一些內容，儘管刪除過後那一頁看起來會變很短，還是請維持原狀，不要試圖把下一頁的內容往前移。在以下的例子中，我們可以看到標題為「格蘭特」（GRANT）的劇本，修訂日期為1/1/04，其中第12頁的第23個場景被刪除了：

```
      GRANT - Rev. 1/1/04 12.

22 EXT. TENT - NIGHT        22

    The men gather their

23 OMITTED                  23 *
```

```
                          13.

24 EXT. NIGHT SKY           24

    The moon is bright.

25 INT. GRANT'S TENT        25

    Soldiers enter and
    exit. The general
    isn't here at the
    moment. It's clear
    there's a great deal
    of tension in the air.
    CANNON FIRE can be
    heard IN the DISTANCE.

    Grant suddenly strides
    into the tent, jerks
    off his gloves and
    unrolls a map. His
    face is covered with
    grime.
```

後續頁面的內容不可以往前移至修訂頁的空白處，是因為它們的內容並沒有任何修改，所以它們不會被重印。也就是說它們必須維持原先的狀態，

不得更動。雖然這使得第12頁看起來較為簡短，但是這樣的處理方式才可以讓修訂頁安插到現有劇本裡的正確位置上。

A頁面

如果因為新增的內容長度較長，而使得下方的內文超出這一頁的範圍，這時候你又該怎麼處理呢？這麼說吧，離上次做修改（第12頁）已經過好幾天了。而今天，卻有四分之一頁長的場景需要加到第13頁裡，但第14頁則沒有任何修改。第13頁裡多出的內容不能被移動到第14頁，因為第14頁不會被重新印製。這個時候。頁碼為13A的這一頁就是為了要容納多出來的內容而產生的，而且它會隨著其他的修訂頁一起被印出來。劇組人員會從劇本抽出第13頁，然後依序放入新的第13頁及第13A頁。這樣一來，原先的第14頁就能維持不變地放在劇本中，而新的頁面則正確地安插在現有的劇本中，範例如下：

```
     GRANT - Rev. 1/3/04 13.              GRANT - Rev. 1/3/04 13A.

24 EXT. NIGHT SKY        24         25 CONTINUED:              25

   The moon is bright.                  CANNON FIRE can be
                                        heard IN the DISTANCE.
24A EXT. RIVER - NIGHT   24A*
                                        Grant suddenly strides
   Confederate snipes      *            into the tent, jerks
   wade silently across,   *            off his gloves and
   their long, deadly      *            unrolls a map. His
   rifles held high.       *            face is covered with
                                        grime.
25 INT. GRANT'S TENT     25

   Soldiers enter and
   exit. The general
   isn't here at the
   moment. It's clear
   there's a great deal
   of tension in the air.

              (CONTINUED)
```

如果有必要時，可以 A 頁後接著加上 B 頁，然後接續著 C 頁等等。

連續的修訂頁

當連著兩頁或兩頁以上都出現需要改寫的部分，它們就構成了所謂的連續修訂頁。針對連續修訂頁我們有特別的處理方式。既然在這一連串頁數中的每一頁都包含了修改部分，並且需要重印，代表在修改結束之後，這幾頁其中的每一頁內容都可以流暢無礙地與上一頁或下一頁銜接。假設我們

需要在第 90、91 以及 92 頁做修改，但沒有對第 93 頁進行任何更動：首先第 90 頁裡的其中一個場景被刪除了，於是騰出多餘的空間讓第 91 頁的內容往前移至第 90 頁以填補空白，這個動作帶動了第 92 頁的內容往前移至第 91 頁。結果第 92 頁，這個連續修改的最後一頁，就會變成較短的一頁。第 93 頁仍然維持不動，而新的頁面則正確地插入在現有的劇本中，如下：

```
        GRANT - Rev. 1/7/04 90.

51 EXT. WHITE HOUSE        51

      A military carriage
      rolls to a stop.
      General Grant and an
      aide step out.




52 OMITTED                 52  *



53 INT. WHITE HOUSE        53
   CORRIDOR

      Grant and his aide are
      escorted inside. The
      general is recognized.
      People stop to watch
      him pass.
```

```
        GRANT - Rev. 1/7/04 91.

54 INT. LINCOLN'S PRIVATE 54
   QUARTERS

      Grant and Lincoln
      confer in grave, soft
      voices. Their words
      can't be made out. The
      aide stands at a          *
      respectful distance.      *

      Finally Lincoln
      straightens and shakes
      the general's hand.


55 INT. WHITE HOUSE        55
   CORRIDOR

      Grant and his aide pass
      back out the way they     *
      came in.
```

```
    GRANT    Rev. 1/7/04 92.

56 EXT. VIRGINIA COUNTRY-    56
    SIDE    NIGHT

    Grant's special TRAIN
    CHUGS past in thick
    darkness, heading          *
    south.                     *
```

```
                               93.

57 EXT. DIRT ROAD - DAWN    57

    Grant rides astride a
    big gelding. His
    aide trails him.
    They're riding fast,
    pushing their horses
    hard.


58 EXT. GRANT'S HEAD-       58
    QUARTERS - MORNING

    A hot sun is already
    shining. A stir rises
    in the camp as Grant
    and his aide arrive.
    Grant dismounts and
    strides into his tent
    without a word to
    anyone.
```

反過來說，假定第90頁需加入新增的場景，而且第91和92頁的文字也都有所更動，那麼在第90頁多出的內容就可以延續到第91頁以及92頁。如果在這個情況下有必要插入一個「A」頁，則這個A頁必須放在這個連續修訂頁的最後一頁：

51 EXT. WHITE HOUSE   51

   A military carriage
   rolls to a stop.
   General Grant and an
   aide step out.

51A WHITE HOUSE GUARDS   51A*

   Army troops guarding   *
   the executive residence   *
   stand at attention.   *

52 ON GRANT   52

   He pauses to take in
   the great house that
   will one day be his.

                      (CONTINUED)

52 CONTINUED: 52

   His eyes travel up to
   a window in the
   private quarters. He
   sees the tall, stooped   *
   figure of the President
   looking back at
   him.

53 INT. WHITE HOUSE   53
   CORRIDOR

   Grant and his aide are
   escorted inside. The
   general is recognized.
   People stop to watch
   him pass.

GRANT - Rev. 1/7/04 92.

54 INT. LINCOLN'S PRIVATE 54
    QUARTERS

    Grant and Lincoln
    confer in grave, soft
    voices. Their words
    can't be made out. The
    aide stands at a   *
    respectful distance.   *

    Finally Lincoln
    straightens and shakes
    the general's hand.

55 INT. WHITE HOUSE   55
    CORRIDOR

    Grant and his aide pass
    back out the way they   *
    came in.

GRANT - Rev. 1/7/04 92A.

56 EXT. VIRGINIA COUNTRY   56
    SIDE - NIGHT

    Grant's special TRAIN
    CHUGS past in thick
    darkness, heading   *
    south.   *

```
                              93.

57  EXT. DIRT ROAD - DAWN 57

    Grant rides astride a
    big gelding. His
    aide trails him.
    They're riding fast,
    pushing their horses
    hard.


58  EXT. GRANT'S HEAD-      58
    QUARTERS - MORNING

    A hot sun is already
    shining. A stir rises
    in the camp as Grant
    and his aide arrive.
    Grant dismounts and
    strides into his tent
    without a word to
    anyone.
```

如何處理修改後的劇本頁碼

當劇本隨著時間而增加或刪減材料、加入「A」頁、以及某些頁面被完全刪除，我們必然需要適當地重新編排頁碼。這是為了要確保每個工作人員手中的劇本內頁都是按照正確的順序排列。

頁碼的編排體制和場景數字一樣。

介於5和6之間是5A。

介於5A和6之間是5B。

介於5A和5B之間是A5B。

大方向是：A5頁排在第5頁之前，然後第5A頁排在第5頁之後。

如果整頁的文字都被刪除，我們還是必須要做個解釋，這樣大家才知道該頁到哪兒去了：假設第五頁的一半以及整個第六頁都被刪除（然後第七頁沒有做任何修改），新的頁碼就是5/6。製作人員一看便能了解原來的第五頁和第六頁被丟棄，取而代之的是新的5/6頁。

如果有好幾頁都被刪除，我們同樣要替這些被刪除的頁面給一個交代。為了達到這個目的，我們可以安排一頁的頁碼為14-18。製作團隊會抽出這些頁數範圍內的所有紙張，然後用新的14-18頁取代原來刪除的那幾頁。

修訂版的標題頁

當分發修訂頁給劇組人員時，這些修訂頁會包含一張新的標題頁。這張標題頁是以新的顏色印刷，並且列出修訂日期以及顏色：

UNDER THE TABLE

written by

Jose Patrick Sladkey

FINAL DRAFT

March 7, 2009

如同前頁的例子所示，稿件的完成日期以及版本要列在標題頁面的右下方，而修訂頁的修訂日期與紙張顏色則要列在標題頁面的右上角。

一旦開始將修訂頁發送給劇組人員後，後續修訂頁的修訂日期與用紙顏色都需要列在標題頁的右上方，然後日期需以六個數字的格式來排齊：

```
Rev. 03/09/09 (Blue)
Rev. 03/13/09 (Pink)
Rev. 03/20/09 (Ycllow)
Rev. 03/20/09 PM (Green)
Rev. 03/21/09 (Gold)
```

所有的修訂日期以及紙張顏色都要列在標題頁中，直到有新的、完整的劇本完稿發布出來（如果還有後續完稿出現的話）。

請注意以上的例子當中，在3月20號這天第二回修訂頁的發布被標註了「PM」，這是用來區分同一天內上一回的修訂版本。

更多關於標題頁的格式，請參閱下一章「特別頁」。

▋ 08 特別頁
SPECIAL PAGES

劇本的特別頁包含了標題頁、演員卡司頁、場景設置頁、首頁、末頁以及各幕之間的休息時段。

這些頁面的範例可以查看附錄C。

標題頁

每個劇本都要有一個標題頁。劇本的類型會決定標題頁所應涵蓋的內容。

針對電影或是電視而寫的待售劇本（待售劇本是劇作家希望作品受到製作公司青睞進而採用的劇本作品，並非因受雇，或已與工作室／製作人簽約而寫的劇本），標題頁應該包含至少三種資訊：1) 標題；2) 作者的姓名；以及 3) 聯絡資訊。

而針對與工作室／製作人簽約而寫出的電影劇本或電視劇本，標題頁一樣要包含 (1) 標題；(2) 作者的姓名；(3) 聯絡資訊，但在這個情況下 (3) 會是工作室名稱或是製作人的名字；(4) 草稿以及日期。也可能需要包含 (5) 版權告示。

1. 標題

標題（劇名）應該置中，並且寫在頁面最上方往下算起4.0英吋處。標題需要全大寫，以及加底線，並且不要使用引號。

《亂世佳人》

GONE WITH THE WIND

若是電視影集的其中一集，則還要加上該集的標題名稱，然後寫在影集名下面空一行的地方，用大小寫書寫。這個標題需要加上引號並且加底線，請注意，底線不要延伸到引號下面。

《法網遊龍》

〈出發前再來一杯〉

LAW AND ORDER

"One for the Road"

2. 作者的姓名以及參與人員

作者的姓名以及其他參與人員需寫在標題頁的正中間，在標題往下數第四行的地方開始：

<u>12 HOURS IN BERLIN</u>

written by

Felix Alvin Butler Jr.

● 姓名

作者的姓名需以大寫及小寫表示。如果這部作品是由多位作者合力完成，
他們的名字要用「&」（表示「以及」）這個符號來連接。

費力西亞・凱伊斯 & 馬修・史考特・布朗

● 參與人員

好萊塢的劇本參與人員名單是由美國編劇工會在拍攝結束之後才決定的。
在正式的決定出爐之前，工會的規定要求標題頁必須列出所有參與該企畫
製作的作者名字。一開始著手寫作的作者姓名需要列在最前面，寫在「著
作」（written by）、「劇本著作」（screenplay by）或是「電視劇本著作」
（teleplay by）等等的後面。接著才是後續的作者姓名，要將他們寫在「修
訂」（revisions by）之後。最後才附上現任作者的名字，接在「現時修訂」
（current revisions by）的後面。

```
                  12 HOURS IN BERLIN




                     written by

                Felix Alvin Butler Jr.




                    revisions by

                   Maria Gustav
            Charles Knowles-Hilldebrand
                   Robert Bush

                current revisions by


                 Johann Potemkin
```

3. 聯絡資訊

如果你寫的是待售劇本，你應該會想要讓感興趣的審稿者知道如何與你聯繫吧？如果你沒有任何代理人、經紀人或是律師的話，你要將地址以及電話號碼寫在標題頁的左下角，從頁面的左側邊緣算起1.2英吋的地方：

```
    12902  好萊塢道
    柏本克市，加州 91505
    (818) 555-9807
```

由代理人、經紀人或是律師代為處理的劇本，就不要寫下作家的聯繫方式，取而代之的是將代理者的聯絡資訊寫在標題頁、劇本封面，或是連同劇本一起送出去的自我介紹信裡。

依據合約而寫的劇本，則要在標題頁寫上工作室或是製作人的聯繫資訊：

> 麥可格爾德製作公司
> 4000 華納大道
> 柏本克，加州 91505

4. 草稿和日期

為了讓人易於辨別劇本的不同版本，進展中的劇本、前製作業的劇本、或是已進入拍攝中的劇本，通常都會在右下角附上劇本的稿件版本以及日期。這些訊息要寫在標題頁左側邊緣算起5.5英吋的地方，同時稿件的版本需要全大寫以及加劃底線，日期則要大小寫並用，寫在稿件版本下面兩行的地方：

> 初稿
> FIRST DRAFT
>
> March 3, 2009

待售劇本沒有實際列出稿件版本以及日期的必要，同時，捨去這些訊息不寫也可以避免讓劇本看起來過時而沒有新意。

5. 版權告示

有些工作室以及製作公司會在他們劇本的標題頁打上版權公告。這個告示會出現在稿件版本以及日期的正下方：

```
修訂版  最終稿
RV.  FINAL DRAFT

May 2,  2009
©  2009
麥可格爾德製作公司
版權所有
```

大多數的待售劇本則不會列出版權告示或美國編劇工會的註冊號碼。

6. 當劇本是根據其他素材或真實故事改編

有關劇本故事來源的資訊要列在作者名字底下，置中，並且以大寫及小寫打出：

```
THE  IMAGINARY  WAR



screenplay by
Mari  Zwick



based on the book by
Robert McMullen
```

若劇本是根據或由真實故事聯想或啟發進而改編的，可以在這裡寫出來：

根據真實故事改編

based on a true story

演員卡司頁

電視劇的演員卡司頁通常在前製作業階段就已經放在劇本裡面了。一些專為在電視播放而拍攝的電影，也會在劇本中加入演員卡司頁。院線電影劇本和待售劇本則不要附上卡司頁。

演員卡司頁應該放在標題頁的下一頁，而演員的列表可以按照出場的順序排列，或是將固定出現的演員放前面，客串的演員則依出場順序放後面。角色的名稱需要以全大寫寫在頁面左側，在標題以及「演員卡司」之下：

《九命嬌娃》

〈貓去無蹤〉

演員陣容

凱蒂

朱利歐・曼德茲

希爾德・史密特

費利斯・辛普森

馬丁中尉

對於長達一小時長的電視劇或是為電視而製作的電影，在有必要的情況下，演員卡司可以延伸至第二欄。

半個小時長的電視劇本通常會包含扮演每個角色的演員名字，以及背景角色（但不會特別列出背景角色演員的姓名）。這時候我們把角色的名單放在左側，而演員名字則是放在右側，以連結點來連接角色與相應的演員名字，且全部都要大寫：

《九命嬌娃》

〈貓去無蹤〉

演員陣容

凱蒂 ………………………………………………… 瑪莎 • 威廉斯

朱利歐 • 曼德茲 …………………………………… 利克斯 • 剛砸勒茲

希爾德 • 史密特 …………………………………… 愛莉森 • 帕曼特

費利斯 • 辛普森 …………………………………… 麥可 • 保羅 • 密立肯

馬丁中尉 …………………………………………… 安東尼 • 包格納

停車場背景角色（PARKING LOT EXTRAS）
警察總局背景角色（POLICE HEADQUARTERS EXTRAS）

演員卡司頁不需要加入頁碼。

場景設置頁

場景設置頁，如同演員卡司頁，通常在電視劇的前製作業階段就包含在劇本裡面了。為電視而拍攝的電影也會在劇本中加入場景設置頁。院線電影劇本和待售劇本則不要附上場景設置頁。

一小時長的電視以及為了電視而製作的電影，會將內部的場景設置列在頁面的左邊欄位，而將外部的場景設置列在頁面右邊的欄位：

《九命嬌娃》

〈貓去無蹤〉

場景設置

室內場景：	戶外場景：
甘迺迪高級中學	公園
紐約證券交易所	學校的操場
下水道	紐約證券交易所
	垃圾場

場景是以合乎邏輯的方式做分類的。舉例來說，如果故事的一些場景發生在某個小學校園裡的不同場所，它們的場景設置會照下面的方法列出來：

　　　　　哈蒙德小學
　　　　　　圖書館
　　　　　　學生餐廳
　　　　　　提姆布萊克太太的教室

場景設置頁一樣不需要編進頁碼裡。

首頁

劇本的首頁有以下幾個特性：

• 雖然首頁是劇本的第一頁，但在首頁不用打頁碼。

• 劇本標題通常都是打在首頁上方的中央，全大寫，然後要加底線。如果
　是電視連續劇裡的其中一集，這一集的名稱則要寫在劇名的下方空一行
　處，以大、小寫打出，外加引號還有底線。請注意，引號下方不要加底線。

• 首頁幾乎都是由淡入開場的。

院線電影或是為電視而製作的電影劇本，首頁會如下開始：

　　　　　　　　　　《雪難記》

　　　淡入：

　　　EXT．喜馬拉雅山脈 ── 寒風凜冽的山峰上

　　　皚皚的白雪和刺眼的陽光。

THE LONG SLIDE

FADE IN:

EXT. HIMALAYAS - HIGH ON WINDSWEPT PEAK

Snow and blinding sunshine.

一小時的電視劇集首頁應該如下開頭：

《九命嬌娃》

〈貓去無蹤〉

第一幕

淡入：

EXT. 公園 ― 白天

凱蒂居高臨下地坐在樹枝上。

NINE LIVES

"Cats Away"

ACT ONE

FADE IN:

```
EXT.  PARK  -  DAY

KITTY  sits  high  in  the  branches  of  a  tree.
```

至於半小時長的電視劇本首頁範例，可以在「多鏡頭拍攝寫作格式」這一章找到相關內容。

末頁

劇本的最後一頁會以「全劇終」（THE END）作結。這兩個字需要以全大寫顯示，加底線，以及置於中央。如果還有充足的空間，最終的轉場詞（例如「淡出」，或「切換至全黑」）以及「全劇終」之間要空五行。如果沒有足夠五行的空間，則至少要空一行。

凱蒂重新爬回樹上，看著破舊的校車慢慢地消失在黑夜中。

```
                                              FADE  OUT.


                        THE  END
```

各幕之間的休息時段

電視影集的劇本，以及許多為電視播放而拍攝的電影劇本都包含休息時段，這代表節目中會有廣告插入。一般而言，一小時長的電視劇本會有四幕，半小時長的劇本通常都是二到三幕，而兩個小時長的電影典型地是由

七到八幕所組成。有些電視節目也會在節目第一幕一開始的時候有情節預告或開場白，或是在最後一幕之後有後記或收尾戲。

新的一幕通常都是從新一頁的上方開始展開。標題（如「第一幕」、「第二幕」等等）要以全大寫寫在頁碼下方第二行的地方，置中，並且加底線，然後在其下方第二行處加入轉場：

16.

第二幕

淡入：

INT. 警探們的辦公室 ── 夜晚

沙維奇啪一聲地把手中的檔案夾扔在桌上。他拿起電話話筒，輸入號碼。他很不高興。

16.

ACT TWO

FADE IN:

INT. DETECTIVE BULLPEN - NIGHT

Savage slams a case file down on his desk. He picks up the phone and punches in a number. He's not happy.

一幕最後一頁的結尾處都會伴隨轉場詞（通常是淡出），而轉場詞要寫在結尾文字下方第二行處（中間空一行）。之後，再接著寫「第一幕結束」（END OF ACT ONE）（或是第二幕、第三幕等），這幾個字需要全大寫、加底線以及置中。如果有足夠的剩餘空間，在最終轉場詞（像是「淡出」或是「切換至全黑」）以及「第一幕結束」之間空五行。如果剩餘的空間不到五行，那麼至少要空一行。

> 凱蒂及時衝出門而目睹了麥克克勞德被人強拉上公車。她抽出她的槍，並且朝著巴士全速衝過去。但是一切都太遲了，巴士在呼嘯聲中加速前進，徒留下一大片飛揚的塵土。

FADE OUT.

END OF ACT FIVE

請注意，劇本最終頁不會出現如上面所示的「第 X 幕結束」等字樣。取而代之的是用「全劇終」（"THE END"）這個詞來表示全劇結束（請參閱前面的「末頁」內容）。

09 多鏡頭拍攝寫作格式
MULTI-CAMERA FORMAT

多鏡頭拍攝格式都是用於半個小時左右的傳統電視情境喜劇，像是《男人兩個半》，但像以單鏡格式拍攝的《我們的辦公室》(*The Office*)，就不在本章討論範圍內。大部分的多鏡頭拍攝劇本格式，與我們先前詳細討論過的單鏡頭拍攝劇本格式大同小異：

- 場景標題、指示內容、對白以及轉場詞的頁邊留白都相同
- 字體大小、字型以及紙張大小與材質的規定也相同
- 場景標題的處理方式也相同
- 同樣的規則也適用於對白以及指示內容的分頁方式

而與單鏡拍攝格式主要不同的規則如下：

- 場景標題和轉換詞要加底線
- 指示內容需要全大寫
- 對白內容的行距為兩倍行高
- 音效指示需要加底線
- 角色括號指令必須附在對白中

關於多鏡頭拍攝格式的劇本頁面範例請參照附錄B。

給想寫待售電視劇本的人：一個非常寶貴的建議

對於有志於寫電視劇本的劇作家來說，他們一定得寫一集有關現有電視劇的待售劇本來展現他們的實力。為了達到代理人以及節目負責人所期待的好印象，這些待售劇集的格式一定要和電視節目工作人員所寫的劇本一模一樣。問題是，每一個電視影集，不論是一小時或是半小時長，它們的劇本格式可能都會有些微的差異。因此，讓待售劇本看起來更專業的唯一一個方法，就是取得該劇集劇本的影本。因為只有看過劇本的副本，你才可以確定對白中角色的名字，或是場景標題中重複發生故事的地點名稱，以及其他不計其數的細節。你必須好好地研讀它，並且複製它的格式到你的劇本中。

如何獲得範例劇本？

大致上，只要做個網路搜尋，你就可以在線上找到劇集劇本。很多網站都提供範例劇本，譬如以下幾個網站：

- 每日劇本 http://www.dailyscript.com
- 德魯斯的劇本天地 http://www.script-o-rama.com
- 網絡電影劇本資料庫 http://imsdb.com
- 就是劇本 http://www.simplyscripts.com
- 劇本爬行者 http://www.scriptcrawler.net

請注意你從這些網站所取得的劇本類型，因為有些真的是節目製作時所使用的劇本（所以一切都是原來的格式），其他則是粉絲自行製作的文字記錄，而這種類型對那些想要翻看真正劇本原稿樣式的人，一丁點幫助也沒有。傑克・吉伯特（Jack Gilbert），電視劇作專家，也是令人推崇的華納兄弟劇作家研討會的負責人，他曾經說過，如果你找到電視劇本是 PDF格式，那麼它非常可能是實際電視劇集用來拍攝的劇本副本。

吉伯特也推薦兩個他所找到最棒的電視劇劇本網站，分別是 http://tvwriting.googlepages.com以及「劇本城市」（Script City），網址為 www.scriptcity.net。「劇本城市」提供紙本或 PDF 檔案的劇本，只需花費約十塊美金。

大學的圖書館裡通常也能找到範例劇本，特別是那些設有電影及電視寫作課程的學校。

如果你在南加州，不妨去編劇工會的薛佛森─韋伯圖書館（Writers Guild Foundation Shavelson-Webb Library），在那裡你能夠瀏覽超過15000個已經拍攝過的原始劇本。該圖書館設置在美國編劇工會西部總部，地址為7000西三街，洛杉磯，加州90048。

標準多鏡頭拍攝格式的頁邊留白

標準多鏡頭拍攝格式的頁邊設定如下：

1. 紙張大小為8.5英吋x11英吋，白色且基重為$75g/m^2$的紙。左側打三個洞（裝訂用）。

2. 場景標題：

左側頁邊留白為1.7英吋。

右側頁邊留白為1.1英吋。

行長為57個英文字元。

場景標題要加底線。

3. 指示內容：

左側頁邊留白為1.7英吋。

右側頁邊留白為1.1英吋。

行長為57個英文字元。

指示內容需全大寫。

4. 對白：

左側頁邊留白為2.7英吋。

右側頁邊留白為2.4英吋。

行長為34個英文字元。

對白需以大小寫打出，並使用兩倍行高的行距。

5. 對白上方的角色名字：

左側頁邊留白為4.1英吋

注意對白上方的角色名字不需要置中。無論名字有多長，一律都是從固定位置開始打起（頁面左側邊緣算起4.1英吋處）。

6. **角色括號指令**必須附在對白中，需全大寫。

7. 場景轉換詞：

左側頁邊留白為 6.0 英吋。

場景轉換詞需加底線。

8. 聲音提示：

左側頁邊留白為 1.7 英吋。

右側頁邊留白為 1.1 英吋。

行長為 57 個英文字元。

聲音提示需全大寫以及加底線，並且由縮寫「SFX（音效）:」開始寫起。

9. 場景字母：

左側頁邊留白為 7.2 英吋，緊跟在頁碼的下一行。

場景字母要大寫並且加括號。

10. 頁碼：

左側頁邊留白為 7.2 英吋，從頁面最上方往下算 0.5 英吋的地方。

11. 字體：

字體 Courier 或 Courier New，大小為 12 點（或是同大小的等寬襯線字體）。

12. 頁面長度：

最多 57 行（頁面頂端會有 0.5 英吋的留白，然後頁面底部會有 1 英吋的留白）。

這57行包含頁碼的那一行、頁碼下面的那行空白行，以及劇本的內容。

場景標題

場景標題的處理方式與先前詳細討論過的單鏡拍攝格式的規則大致相同。多鏡頭拍攝格式唯一不同的地方，是場景標題要加底線：

<u>INT.「好傢伙弗瑞德」餐館 ─ 白天</u>
<u>INT.</u> <u>"BETTER FRED THAN DEAD" DINER - DAY</u>

基本上，多鏡頭拍攝格式劇本很少會在主要場景標題外再添加次要場景標題。通常一幕場景會在一個場景標題下拍攝完所有的內容。

除此之外，每一個新的場景都要從新的一頁開始寫起。然而，當故事中的活動從一個房間持續進行到隔壁的房間，<u>並且攝影機沒有中斷拍攝</u>，那麼新的場景標題可以在這個不算有新場景的情形下被使用。在這種情況下，新的場景並不代表有新的一幕，因為它只是持續拍攝場景內的一個新部分。它的寫作方式是在第一個部分文字結束的下方空三行，然後在第四行放入新的場景標題。範例如下：

INT. 餐館 — 廚房 — 白天
（弗瑞德）

弗瑞德在淺鍋中倒入餅粉漿後，啟動洗碗機。然後他急急忙忙地衝往：

INT. 用餐區

他打開前門的門鎖。衝回至：

INT. 廚房

他將煎餅翻面。把髒盤子丟進水槽裡。

INT. DINER - KITCHEN - DAY
(Fred)

FRED POURS PANCAKE BATTER ON THE GRIDDLE.
TURNS ON THE DISHWATER. HE RUSHES OUT INTO:

INT. MAIN DINER

HE UNLOCKS THE FRONT DOOR. RUSHES BACK INTO:

INT. KITCHEN

HE FLIPS THE PANCAKES. THROWS DIRTY DISHES IN
THE SINK.

指示內容

指示內容需全大寫。這一點減少了作家需要決定使用大寫或小寫的麻煩，而且也大大地簡化了多鏡頭劇本的格式：

> 這是早餐的尖峰時段。弗瑞德站在吧檯後方。瑪莎正在為戴比點餐，戴比大概二十歲出頭，有著運動員的體魄，相當精瘦。
> IT'S THE BREAKFAST RUSH. FRED'S BEHIND THE
> COUNTER. MARTHA'S TAKING AN ORDER FROM DEBBIE,
> EARLY 20S, ATHLETIC, LEAN.

角色登場與退場的底線

在指示內容中，角色登場與退場都需要加底線。除了角色名字要加底線以外，描述他們登場或退場的文字下面也要加底線：

> 門開了。鮑伯走進來。
>
> THE DOOR OPENS. BOB ENTERS.
>
> 克爾特一從前門進來就踩到香蕉皮而摔了個四腳朝天。
>
> CURT COMES THROUGH THE FRONT DOOR AND SLIPS ON
> A BANANA PEEL.
>
> 貝克曼掀起一個桶子後跑著離開。
>
> BEICHMAN GRABS A BUCKET AND EXITS AT A RUN.

攝影機拍攝指示內容的底線

在指示內容中關於攝影機的指示文字需要加底線。攝影機本身,以及其他跟攝影機移動或是相關的介係詞都需加底線:

> 小甜豆獨自坐在椅子上,讀著一封信。她的身體隨著無聲的啜泣而看起來痛苦不堪。攝影機拉回,呈現環境在她四周的戲劇課同學,拭去因這個令人激賞的動人演出而落下的眼淚。
>
> SWEETPEA SITS ALONE ON A CHAIR, READING THE LETTER. HER BODY IS RACKED WITH SILENT SOBS. <u>CAMERA PULLS BACK</u> TO REVEAL THAT THE ENTIRE ACTING CLASS SURROUNDS HER, WIPING AWAY TEARS AT HER BRAVURA PERFORMANCE.

對白

在對白中角色的名字需要依照單鏡拍攝格式的規則。對白本身需要以大小寫打出,且設定兩倍行高:

> 弗瑞德
>
> 就是這樣!一開始是強尼打來說他得了流
>
> 感,現在羅尼也打來說他感冒了,這個工作
>
> 真令人頭痛。

瑪莎

我跟你說！你這些呻吟和抱怨讓我覺得很

煩！

                    FRED

That's it! First Johnny called

and said he had the flu. Now

Ronnie calls with a cold. The

job is a real headache.

                   MARTHA

I've gotta tell you. All this

moaning and groaning is making

me sick!

當對白在打斷後繼續，使用（續）（CONT'D）

當同一個角色在被指示內容或聲音提示中斷後又繼續說話，將縮寫（續）(CONT'D)放在對白上方的角色名字旁，要全大寫，並且加括號：

戴比

羅尼，過來。

羅尼接近的同時，心裡感到惴惴不安。

戴比（續）

靠近一點。我不會傷害你的。

DEBBIE

Ronnie, come over here.

RONNIE APPROACHES, FILLED WITH

TREPIDATION.

DEBBIE (CONT'D)

Come closer. I'm not gonna hurt

you.

角色括號指令

所有單鏡拍攝格式的規則都可以套用於此，唯有一個重要的例外：在多鏡頭拍攝寫作格式中，角色括號指令需放在對白裡，而不拿出來放在獨立的行句中：

弗雷德

各位，請看這裡。(等著) 所以就這麼回事。

(轉向畫面外的聽眾) 我們表現得如何？

FRED

Eyes this way, people. (WAITS)

So that's about it. (TURNS TO

O.S. AUDIENCE) How'd we do?

轉場詞

多鏡頭拍攝格式的轉場寫作規則與單鏡拍攝的格式一樣。唯一不同的是這裡的轉換詞有加底線：

```
CUT TO:
WIPE TO:
DISSOLVE TO:
FADE OUT.
RIPPLE DISSOLVE TO:
```

聲音提示

所有的聲音提示（這些聲音是由不在攝影畫面內的演員所發出）需要加底線以及將縮寫「SFX」（音效）放在最前面：

克爾特摔倒在地板。他像牛一般地呻吟著。

SFX：電話響了。

沒人接聽。克爾特躺在地板上，目光朝上望著遙不可及的電話。

角色列表

在場景標題下面列出在該場景中出場的角色名字。這些名字的排列方式是根據出場順而決定的，你需要使用大小寫將這些名字寫在括號裡面。有台詞的角色放前面，後面再列出背景演員。範例如下：

INT.「好傢伙弗瑞德」餐館 — 白天
（弗瑞德、瑪莎、鮑伯、戴比、柯爾特、餐館的背景演員）
(Fred, Martha, Bob, Debbie, Curt, Diner
Extras)

這是早餐的尖峰時段。弗瑞德站在吧檯後方。瑪莎正在為戴比點
餐。

場景數字或字母

多鏡頭拍攝劇本的場景通常都是以字母或是數字來做編排，不過大多數還
是以字母編排。場景字母需要以大寫寫在括號裡面，並且場景的每一頁都
要標示場景字母。

場景的第一頁

每個電視影集對場景首頁的處理方式都不盡相同，但以下所示是最常見而
且歷久不衰的寫作方式：在場景的第一頁裡，場景字母的位置是在由頁面
頂端往下算起第12行的地方，且需置中。而場景的實際內容則是由場景
字母往下數第12行處開始寫起。請參考如下範例：

(D)

INT. 弗瑞德的公寓 — 夜晚
（弗瑞德、瑪莎）

弗瑞德進入公寓後，看到瑪莎試圖以蠻力將冰箱從開著的窗戶推出去。

後續的頁面

在所有同一場景的後續頁裡面，場景字母都是寫在頁碼的正下方，而劇本的正文則是緊接在場景字母下的那一行：

- -

45.
(G)

　　克爾特將椅子放在桌面上。

場景首頁

如同一小時長的電視劇或是專為電視而製作的電影，半個小時長的電視劇本也會分成好幾幕。這些電視劇裡有的也會包含前導預告（teaser）、冷開場（cold open），或是序幕（prologue）、後記（tag）、收尾戲（epilogue.）等等。

第一頁

多鏡頭拍攝劇本的第一頁包含了影集的名稱以及單集劇名，還有「第一幕」（ACT ONE）、「預告」或是「序幕」等標題，一向都是全大寫，加底線以及置中：

BETTER FRED THAN DEAD

"A Simple Sample"

ACT ONE

(A)

FADE IN:

INT.「好傢伙弗瑞德」餐館 ─ 白天
（弗瑞德、瑪莎、戴比、鮑伯、柯爾特、餐館的背景演員）

這是早餐的尖峰時段。弗瑞德站在吧檯後方。瑪莎正在為戴比點餐。

以上的範例顯示場景字母出現在第12行，而劇本的內容則是從第24行開始。如同單鏡拍攝格式，第一頁不標示頁碼。

續幕的第一頁

第一幕之後的每個續幕的第一頁都要由幕標題開頭（例如「第二幕」）。這個標題需要全大寫、置中以及在第三行加底線(也就是在標題下加底線)，之後在第12行寫出場景字母，以及在第24行開始寫場景的文字內容：

30.

ACT THREE

(G)

FADE IN:

```
INT. 柯爾特的計程車 ─ 夜晚
（柯爾特、飾演乘客的背景演員）
```

柯爾特開著車。他以口哨吹著某個調子。起初很難明白他到底吹的是什麼曲子。

每一幕的最後一頁

一個幕最後一頁的結尾處都會伴隨著轉場詞（通常是「淡出」），而且轉場詞要寫在結尾文字下方第二行的地方（中間空一行）。之後，再接著寫「第一幕結束」（END OF ACT ONE）（或是第二幕、第三幕等），這幾個字需要全大寫、加底線以及置中。如果有足夠的剩餘空間，在最終轉場詞（像是「淡出」或「切換至全黑」）以及「第一幕結束」之間空五行。如果剩餘的空間不到五行，那麼至少要空一行。

弗瑞德關上餐館的大門後，把電燈也熄了。

```
                                    FADE OUT.


             END OF ACT ONE
```

劇本的最終頁不會出現如上例所示的「第X幕結束」等字樣。取而代之的是用「全劇終」（THE END）這個詞來表示全劇的結束。

分頁

以下是多鏡頭拍攝劇本的分頁規則。

不需要加「繼續」

如果一個場景從一頁持續到下一頁，不需要在頁面的最底下放置「（繼續）（CONTINUED）」，或是將「繼續：」（CONTINUED:）放在下一頁的最上方。場景很自然地由這一頁自動進行到下一頁。

對白內容分頁

如果對白在頁面的底部因為需要分頁而中斷，請在句子結尾處（而非句子當中）做中斷。同時，你需要在第一頁最後一行寫上「（更多）（MORE）」，然後在下一頁上方的角色名字旁加上「（續）（CONT'D）」：

　　　　　　　　柯爾特

　　這是我最後一次來這裡，期待可以吃到一

　　些……該怎麼說？讓人能下嚥的食物。

　　　　　　　　（MORE）

- -

　　　　　　　　　　　　　　　　　　　12.
　　　　　　　　　　　　　　　　　　　（B）

　　　　　　　　柯爾特（CONT'D）

　　那麼可以給我一瓶瓶裝水和一些蘇打餅乾

　　嗎？

即使碰到因為指示內容中斷對白，然後又馬上接著要分頁的情形，還是要加上「（更多）」以及「（續）」：

弗瑞德

馬上就來

他爬上了餐館的吧檯。

（MORE）

7.
(A)

弗瑞德（CONT' D）

喂、喂、喂。拜託，注意一下我這裡好嗎？

請注意，要將（MORE）寫在那句中斷對白的指示內容下面，如同該頁的最後一個字。

指示內容的分頁

如果因為分頁而必須將指示內容中斷，請務必中斷在一個句子結束之後：

　　　　　　　　柯爾特從地板上站起身來。弗瑞德拍著雙手
　　　　　　　　以取得大家的注意力。

24.
(E)

　　　餐館裡的每個人都站了起來，面向柯爾特並鼓掌叫好。

在聲音提示附近分頁

如果要在聲音提示附近做分頁，請好好安排中斷的地方，不要讓聲音提示
出現在頁面的最上方。若是頁末的空間放不下所有關於聲音提示的文字，
那麼將聲音提示，連同提示之前的對白或是指示內容，一起移到下一頁的
開頭。請看範例：

　　　　　柯爾特從前門進來，然後踩到香蕉皮而滑了個四腳朝天。他摔倒
　　　　　的同時，也連帶撞倒了整排的桌子。那景象還真令人嘆為觀止。

3.
(A)

　　　　　　　　　　戴比

　　　　　我錯了。

　　SFX：電話響了

　　沒人接聽。柯爾特從他躺著的地板往上望著遙不可及的電話。

在場景標題附近分頁

場景標題不能單獨出現在頁面的末端。在頁尾的場景標題必須伴隨著至少一個完整句子的指示文字，但是如果因為空間不足而無法放下一整個句子，那麼請將場景標題以及其下的文字一起移至下一頁的開頭部份。

在轉場之前分頁

絕對不要在轉場詞即將出現前做分頁。如果因為空間不夠而導致轉場詞無法放在頁面的末端，請將轉場詞連同它前面的那句台詞或指示文字一起移到下一頁的開頭：

```
                                                      4.
                                                     (A)
      餐館裡的所有人都站了起來，面向觀眾並且彎腰鞠躬。

                                        DISSOLVE TO:
```

▋ 10 發揮劇本寫作軟體的力量

如同攝影師需要攝影機，而畫家需要畫筆一般，劇作家們則需要電腦。過去我們的得力助手是打字機，但那已經是很久以前的事了。現在我們需要的是電腦，它是我們絕對不可或缺的工具。但這究竟是怎麼一回事？到底電腦可以辦到什麼打字機做不了的事情？

在我們開始討論電腦的硬體以及軟體之前，讓我們來檢視一下這個能替我們完成許多工作的當代科技。做這件事對你會有所幫助，因為它與劇本寫作大有關係。

回溯過去

從前寫作劇本的人一開始是用Underwoods打字機，一個既吵又醜陋的龐然大物。但是它在另一方面卻表現得非常出色：它可以任憑作家以任何順序以及配置方式把想輸入的內容轉換到紙張上，其中當然也包括標準劇本格式。你永遠不用擔心會有電池不足的問題，因為它沒有電池也不用插電，也不用買碳粉匣、沒有打印的滾輪、也沒有墨水匣，更沒有軟體更新這種瑣事。此外，鍵盤和印表機都內建於同一個裝置裡，而且這台機器幾乎不可能卡紙或是故障。唯一需要處理的就只是偶爾需要更換色帶。除了

這個小得不能再小的麻煩之外，安德伍德打字機能一頁又一頁地替你生出劇本。

但不幸的是，如果你想要額外加一行文字、刪除一個字，或是調換兩個段落之間的順序，就必須整頁重打！因此也導致了常常需要重打整個劇本的惱人狀況。若你不想重打，就只能拿出剪刀和膠帶來進行剪貼。除此之外，如果想要抓錯字，你得實實在在地閱讀自己所寫的內容。而就算找到錯字了也不是什麼喜事，因為要改正這些錯字又是件令人頭痛的工作。再來，如果你的劇本成品在前往油印部的途中，不小心從跑腿男孩的腳踏車上掉落，然後被風吹走，那麼你的劇本就真的一去不回了，唯一的備份被深鎖在你不完美的記憶某處，實在令人扼腕。

快轉到無線的未來世代

當然，今日所有的一切都不同了。Underwoods打字機看起來像個古早時代的遺跡，而家家戶戶都備有無線網路。讓我們來看看新的電子產品，能為現代好萊塢帶來什麼好康：

- 電腦讓我們能輕而易舉地對現有劇本做更動。也就是說更改劇本時我們不必再像從前一樣，先衡量要受多少肉體上的折騰再決定做多少修改。現在我們想改什麼，就改什麼。

- 電腦的劇本輸入軟體提供自動頁邊留白校正，讓我們可以不費吹灰之力地從對白寫到指示內容，再寫場景標題，然後再回到對白部分。你再也

不用一一修改這些頁邊留白。

- 電腦可以幫我們做拼字檢查，而且還有電子字典以及同義字的功能，甚至還提供劇本的寫作建議。

- 電腦能提供清新無瑕的劇本頁面印製，免去頁面佈滿立可白的塗抹痕跡，或是使用橡皮擦後遺留下的孔洞。

- 電腦可以替我們完美印出打好的劇本，而且想印多少就印多少。

- 電腦可以提供我們許多種備份文件的方法，讓我們不必擔心劇本受到雨天、水災或火災的侵害——包括一些不太可能感染打字機的軟體病毒。

- 電腦甚至讓我們可以透過網路立即地傳送劇本到世界各地，打開了這扇過去想都不曾想過的大門，開創更多共同合作的機會。

無庸置疑的，電腦為劇作家的工作帶來許多便利，但是我們所面對的挑戰，是在獲得科技帶來的最大利益的前提下，我們不會將成品的控制權交給電腦設備或是軟體程式。既然我們自己可以寫出既正確又專業的劇本格式，就不應該妥協這個能力去交換電腦因程式設定就能輕易做出的劇本格式。這一點會牽涉到下面即將討論的內容。

電腦無法做到的事情

電腦無法替你寫電影劇本，這是再明顯不過的事了，就好像不藉由畫家動手，畫筆是無法自行創造出驚世鉅作一樣。但這裡有個我們有時候會忽略

的地方，那就是電腦無法真正格式化你的劇本。

你很驚訝嗎？

回頭看看先前列出有關電腦的所有優點吧！是的，裝載很多好的軟體的電腦可以自動為你處理場景標題或是轉場的標準頁邊留白，但是這些軟體無法告訴你該把場景標題放哪裡、標題裡應該涵蓋哪些內容、或是不要加入哪些內容。它也不會告訴你指示內容中關於音效或是攝影機的文字該不該大寫；它也無法告訴你該怎麼分段，以及哪些內容應包含在角色括號指令裡，或者你是否該在對白中加底線、用大寫或斜體字來加強語氣；它也不會跟你說你所寫的定場鏡頭其實不能算是定場鏡頭，或者你需要把浩克的身影從浩克的主觀鏡頭中抽出來。電腦軟體並不具備這些能力，只有你靈活運用你所學的好萊塢劇本標準格式，才有辦法如魚得水般地處理這些問題。所以，不要想要求電腦做非它所能勝任的工作，因為它就是辦不到。

選擇合適的軟體

所以你究竟該使用哪種軟體呢？這個問題的答案取決於你的風格，以及你想要的軟體功能。選擇劇本寫作軟體的首要規則是：**最簡單，選最能幫你把劇本順利寫出來的那個軟體**。因為這就是那個軟體份內的工作：協助你將文字放置到該放的位置，而不是軟體認為這些文字該出現的地方。如果一個軟體不能讓你按照你想要的方式打出劇本，或強迫你聽命於它而侷限了你對自己作品的掌控，那麼這個軟體就不適合你。

第二點，**選擇能夠提供你想要的功能的軟體**。你是不是只要寫代售劇本呢？那麼你不一定需要使用符合影劇製作嚴格要求的劇本軟體。你有一起寫作的工作伙伴嗎？那就選擇一個能與你的工作伙伴通用的軟體。或者，你準備要寫一個正在拍攝的電視影集劇本？那麼你需要一個能夠讓你輕易掌控場景號碼、頁碼、修正標誌的放置地點，以及修改場景標題內容的軟體。

最後，**選擇符合你預算的軟體**。假設某個熱賣的軟體售價超過200美元，而另一種則是免費。雖然這些軟體的功能屬性不完全相同，但你不需要等到省吃儉用地存到200美元後才能開始寫作。

你可以在做過這些不同評估後，再選擇最適合你的軟體。

個人化軟體方案

很多作家在使用具有許多功能的文字處理軟體，像是微軟的 Word 或 WordPerfect，會將個人化的巨集指令設定以及風格套用在他們劇本的頁邊留白。華納兄弟多年來都使用一套複雜的巨集指令搭配WordPerfect這個軟體來編打劇本。這種方式可以讓一個通曉電腦的作家完全掌控劇本中多種不同的要素，但缺點是少了市售劇本軟體所提供的眾多自動處理功能。

專業的劇本軟體

許多其他的劇作家極其信賴一些市售的劇本寫作軟體。它們的價格範圍從50美元到250美元不等，有些是完整、獨立的軟體，像是：

- Final Draft

- Movie Magic Screenwriter

- Scriptware

- Page 2 Stage

其他的軟體則可以搭配微軟 Word 一起使用：

- HollyWord

- Script Wright

- ScriptWerx

- Script Wizard

然後至少有一個軟體可以免費下載：

- Celtx

這裡列出的每一個軟體都能將劇本輸入的某些部分自動化，而不同軟體的功能特性也持續地逐步演變，但是它們通常會包含許多以下的功能：

- 預設劇本的頁邊留白（這裡的「劇本」是指我們先前討論過的「單鏡拍攝寫作格式」），情境喜劇（「多鏡頭拍攝寫作格式」）以及舞台劇劇本

- 輸入／輸出檔案從／至不同軟體格式的檔案，其中包括 RTF 格式、Adobe Acrobat 的 PDF 以及 HTML 檔

- 遇到重複出現的角色名字以及主要場景標題能夠自動完成輸入（例如打 CAPT 而軟體會自動補上 CAPTAIN VON TRAPP 的全名）

- 拼字檢查

- 同義字字典

- 卡片目錄系統簡化場景改組的手續

- 提供有關劇情、架構或是角色的線上寫作建議

- 自動顯示修正標誌

- 增加 A 和 B 場景以及編排頁碼

- 將修訂頁以彩色頁顯示

目前市面上所有發售的專業劇本寫作軟體中以 Final Draft 最為熱銷。該軟體確實有其優點，其中包括它的檔案格式與許多其他劇作家與製作人使用的格式大多相容。但是請記住，你應該要選擇那個可以對你的寫作方式提供重要功能的軟體。此外，如果某個軟體不讓你隨心所欲地處理你的文字，絕對不要勉強自己使用它。

別盲目的依賴自動化功能

許多作家都自認為他們的劇本是遵循專業格式寫出來的，因為他們用的是熱賣的劇本軟體。我告訴你，他們不但錯了，而且錯的離譜。這些軟體雖

然對你的寫作很有幫助，但作家的責任就是寫作，不是嗎？假設每次角色對白被指示內容中斷時你的軟體都會自動加入「（續）」，如果這不是你想要的處理方式，就別乖乖地任其擺佈。如果每次你的寫作回到某個一再出現的場景時，軟體的自動補字功能就自動重複一模一樣的主要場景標題，你當然也不能任軟體為所欲為。你是作家，所以你應該很清楚：只有你才知道場景標題裡該寫什麼。不要讓電腦為你做任何跟創意有關的決策，因為那不是電腦的工作，而是你的。你是個作家，你應該比電腦更清楚你該寫什麼。

麥金塔 vs. PC

雖然針對這個問題的討論有時候會變得相當感情用事，但是在這裡，它再簡單不過了。麥金塔系統和Windows系統的電腦都各自有擁護它們的作家，所以該選哪個電腦來寫劇本呢？答案是：兩個都行。你只要考慮這部電腦是否可以安裝你想使用的軟體，以及它的作業系統是否和你將要合作的對象相容就行了。

印表機

如果你還在使用老舊的點陣印表機，我建議你把它給扔了吧。在好萊塢使用雷射列印已經是個不成文的規定了。也就是說你需要的是真的雷射印表機（Brother牌的印表機一台售價不到100美元），或是每英吋點數至少有600點的噴墨印表機（Epson和Canon，以及其他一些廠牌，都有售價不到

100美元的產品）。總之，千萬不要把看起來印得不好的劇本送出去。

備份

用電腦來打劇本的其中一個優點就是檔案備份。你能夠很輕易地為每一部草稿儲存檔案，甚至在不同的地方儲存好幾個備份，以防火災或者任何其他災難導致你慘痛地失去心血結晶。所以千萬別忽視儲存備份的重要性，因為這些花了無數時間才創作出來的劇本，如果你沒有適當地提供它們防護措施，它們有可能在一瞬間消失。

當你寫作時

你最好事先確認電腦的自動儲存功能是開著的，並且在你工作進行中不時地自動儲存檔案，至少每十分鐘儲存一次。如果出現斷電或是電腦當機這種狀況時，你至多也只會失去過去十分鐘內所編寫的內容，這樣還不算太糟。

當你完成今天的工作時

在你離開電腦之前，請將檔案備份到可移除的媒介上，不論是隨身碟、光碟片、磁帶、甚至是列印在紙張上都好——即使你保不住你的電腦硬碟，這些可移除的備份裝置也能讓你的作品倖免於難。這麼做可以保證如果最糟糕的情況發生，譬如你工作了半天後硬碟突然壞掉，你也只會失去今天這一天所編寫的劇本內容。

一周至少備份一次

另外一個關於備份的建議是將你的劇本備份保存在不同場所。意思是說，你可以將劇本列印出來做保存，或是把檔案備份到隨身碟或光碟片上後，再留在車上或辦公室裡。你也可以將檔案儲存在免費的雲端空間。另一種解決方式則再簡單不過了，就是把檔案寄到自己的電子郵箱裡，像Gmail帳號可以讓你在線上郵件裡儲存資料。這麼一來，即使你的電腦或是光碟片因火災而融化或是被狂奔的野牛給踩扁了，你的劇本也能夠逃過一劫。

檔案命名的規則

如果你孜孜不倦地認真寫作，那麼你的每個寫作專案都會有很多份草稿，而讓這些眾多檔案變得井然有序的最佳方式，就是將檔案以一致的、符合邏輯順序的方式來命名。以下是我自己的範例。

首先我會給該專案一個簡短的名稱。假設這部電影叫做《珍珠港行動》，而為了備份檔案，我會將該專案命名為「珍珠」。而這個寫作專案的第一個版本會以「珍珠01」來儲存檔案，再加上檔案格式名稱，譬如「.doc」或「.fdr」。那麼下一個版本的檔案就是「珍珠02」，然後「珍珠03」，依此排列下去。就這樣，既簡單又方便，不但檔案名稱簡短易讀，而且我從不需要花時間猜測哪個檔案是劇本的哪個版本。

何時要改變檔案版本數字

那麼我們到底多久更新一次檔案的名稱呢？也就是說，什麼時候該把「珍珠05」改成「珍珠06」呢？答案是：只要有必要替你的寫作做一個紀錄

時，你就該更改版本名稱。比方說在「珍珠05」這個版本裡，你開始重寫第一頁。第一天你寫了一到四頁，隔天你又再繼續寫，完成了第五到第八頁。這個時候你還不需要重新命名檔案，因為你只是在現有的檔案裡繼續增加內容，所以這個繼續成長的檔案還是要以「珍珠05」之名來儲存。但有一天你寫到了第60頁的時候，你決定要回頭把前半部的電影拿來做修改，這時你就該增加版本數字，這樣你才能為之前寫下的60頁留下紀錄。在你做任何其他更動之前，先把檔案名稱改為「珍珠06」，然後才在這個檔案裡開始做電影前半部的修改。如此一來，假使你有任何理由需要回顧「珍珠05」，這個檔案唾手可得。

11 搜尋和摧毀：錯字的禍害和校對的力量

在拿給讀者之前如果自己沒有先校對一遍，就很有可能會糟蹋了你所學的專業劇本格式，以及所有寫作時投注的那些富高度創造性的力氣。像經典台詞「生存還是毀滅」（To be or not to be），如果錯寫成「生純還四黑滅」（Too be ore knot t6 bee），就會完全失去這句台詞的力量。

校對的藝術

校對和一般普通的閱讀大大不同。當我們閱讀時，我們是大量的接受所看到的文字。當我們想要儘快地讀完手中的文稿時，我們的視線都是快速地掃過文句的表面，以飛也似的速度建構它們的涵義，而不是逐字地慢慢閱讀。這也是為什麼我們容易漏掉許多自己打出的錯字，因為我們只看到我們想看的，也只看到應該出現在那裡的文字。但是當我們進行校對時，我們必須強迫自己去讀每一個字、每一個標點符號、實際出現在那裡的文字，而不是那些我們想要寫進去的文字。

要成功完成校對不止需要一套全新的技巧，也要相當多的努力才行。我們要督促自己放慢腳步，訓練我們的目光，然後實實在在地閱讀。

但這只是其中一個部分而已。

我們必須知道我們需要在字裡行間找什麼。

我們需要找什麼

首先，我們需要找拼字錯誤的地方。劇本在電腦螢幕上很容易找到拼字錯誤，因為這些被拼錯的字下方會有紅色的波浪線條。請找出這些錯誤的地方，並且將它們改正過來。

接下來，我們需要找錯誤的用字，即使它們的拼字完全正確。譬如說，我們可能會把「chose」打成「choose」，把「conscience」打成「conscious」，把「lie」打成「lay」，把「not」打成「now」，把「Major Payne」打成「General Motors」。在這種情況下，那些紅色的波浪線條對我們毫無用處（因為只要拼字正確，它們根本不會出現）。只有小心謹慎、中規中矩、並放慢腳步去閱讀我們的劇本，才能根除這些錯誤。

再來，我們需要找更多的錯字，尤其是那些拼字沒問題的字，譬如同音詞，那些聽起來很相似、常常被搞混的討厭字詞：

- whose 和 who's
- to 和 too 和 two
- affect 和 effect
- lead 和 led
- its 和 it's
- brake 和 break

- pedal 和 petal 和 peddle
- illusion 和 allusion
- than 和 then

除此之外，我們需要找與標點符號相關的錯誤。例如句末沒有加句點、問句末端沒有問號、直述句中沒有逗點等等。

同時，我們需要找大寫的錯誤。譬如專有名詞少了大寫、大寫字母打在不需要大寫的地方、以及畫外音、拍攝指示文字、以及角色介紹裡該大寫而沒有大寫的地方等等。

我們也需要找出任何被遺漏的地方。例如一段話莫名地消失、某處少一個字、或是某個該出現的場景不知所蹤等等。

其他一些需要注意的地方還包括對白的格式錯以指示內容的格式來處理，或是剛好反過來，還有對白上方漏寫了說話角色的名字、以及場景標題偽裝成轉場等等。

清理劇本的三步驟

針對校對這個行動，我們有三個處理步驟。這三個「先搜尋後解決」的任務需要貫徹於劇本的每一頁。

步驟一，在螢幕上緩慢地展開整個劇本，一頁一頁的尋找是否有顯示拼字錯誤的地方（前面提過的紅色波浪線條），然後校正拼字，或是確認自己的拼字無誤（電腦會把不熟悉的專有名詞自動顯示為拼字錯誤）。

步驟二，把劇本列印出來，然後慢慢地閱讀每一個字、每一個標點符號、以及每一個詞。在做這件事的時候，你至少要在每一頁花上兩分鐘，如果你花在每一頁的時間遠不及兩分鐘，代表你一定漏看了一些東西。同時，手握一支紅筆，在需要更正的地方做記號，另外也要在任何有更正部分的頁邊留白處畫一個大叉或是打勾等等標誌，而當你再回到劇本檔案裡做修改的時候，就不會遺漏這些地方。

步驟三，一頁一頁地徹底順稿，將先前紙本校正時做記號的地方在螢幕上修正。這時你會實際感覺到你之前用的紅筆和那些頁邊標記對你是多麼地有幫助！請仔細地做修改，這樣才不會導致任何新的錯誤產生。

第四步驟：惜墨如金

把劇本再讀一遍。這次閱讀的目的是找尋不必要的贅字。檢視每一個場景標題，然後想想可否藉由刪除一、兩個，或是三個字讓它們看來更為精簡。然後在指示內容的每個句子中找出無足輕重的字並刪掉它們，也不要在指示內容中重複已經在場景標題裡寫過的訊息。除此之外，在對白中，簡單便是繁複。劇中角色不需要重複說出我們已經知道的事情，尤其是我們才剛剛在螢幕上看過那些事物。刪除、刪除、再刪除。只要刪除一些不必要的文字，就可以大幅改善劇本的閱讀品質。

因為我們身而為人，第五步驟

另外找一個人來校對劇本，找出被你所忽略的那些錯誤。僱用一個文法通，一個對分詞與不定詞瞭如指掌的人，而且是某個非你本人的人來校

對。借給他你的那支紅筆，然後你會被那些你所漏掉的錯誤所嚇到，之後你會因在交出劇本給創新菁英文化經紀公司（CAA）前就修正了所有的錯誤，而感到鬆了一口氣。

千萬、千萬、千萬不要在劇本請人校對完成之前就請那些忙碌的經紀人、總監、製片或是專職審稿者來閱讀你的劇本。

▍結語

電影劇本和電視劇本不僅僅是技術的文件而已。與根據它們而製作出的電影與電視節目截然不同，這些劇本自有資格被視為文學的一種類型。如同一首詩在書頁上所展現的形式也是這首詩整體性的一部分，格式也是構成劇本藝術不可或缺的一部分。

請以這本書中的準則作為你發揮創造力的起點吧。一旦你清楚地學會它們後，這些準則不僅不會成為你的絆腳石，反過來，這本書裡提到的種種原則反而會成為釋放你內心世界的工具，讓你清晰且有力地表達你的藝術遠景，並能讓你把你所知的那些最美好、最深刻、最真實的事物描繪在劇本的每一頁當中。

請用你的心來刻畫劇本上的一字一句。讓你的作品成為發揚劇本藝術的推手。

好萊塢劇本標準格式：華納編劇權威11堂課，如何把好故事寫成一部成功劇本

THE HOLLYWOOD STANDARD: THE COMPLETE AND AUTHORITATIVE GUIDE TO SCRIPT FORMAT AND STYLE (SECOND EDITION)

作　　　者：克里斯多福‧萊利（CHRISTOPHER RILEY）
校　　　譯：林郁芳
責 任 編 輯：張之寧
內 頁 設 計：家思編輯排版工作室
封 面 設 計：任宥騰
行 銷 企 畫：辛政遠、楊惠潔
總 　 編 　 輯：姚蜀芸
副 　 社 　 長：黃錫鉉
總 　 經 　 理：吳濱伶
發 　 行 　 人：何飛鵬
出　　　版：創意市集
發　　　行：英屬蓋曼群島商家庭傳媒股份有限公司城邦分公司
香港發行所：城邦（香港）出版集團有限公司
　　　　　　香港灣仔駱克道 193 號東超商業中心 1 樓
　　　　　　電話：(852) 25086231
　　　　　　傳真：(852) 25789337
　　　　　　E-mail：hkcite@biznetvigator.com
馬新發行所：城邦（馬新）出版集團
　　　　　　Cite (M) Sdn Bhd
　　　　　　41, Jalan Radin Anum, Bandar Baru Sri Petaling,
　　　　　　57000 Kuala Lumpur, Malaysia.
　　　　　　電話：(603) 90578822
　　　　　　傳真：(603) 90576622
　　　　　　E-mail：cite@cite.com.my
展 售 門 市：台北市民生東路二段 141 號 7 樓
製 版 印 刷：凱林彩印股份有限公司
初 版 一 刷：2020 年 4 月
I　S　B　N：978-957-9199-77-3
定　　　價：480 元

若書籍外觀有破損、缺頁、裝訂錯誤等不完整現象，想要換書、退書，或您有大量購書的需求
服務，都請與客服中心聯繫。

客戶服務中心
地　　　　址：10483 台北市中山區民生東路二段 141 號 2F
服 務 電 話：（02）2500-7718、（02）2500-7719
服 務 時 間：週一至週五 9：30～18：00
24 小時傳真專線：（02）2500-1990～3
E-mail：service@readingclub.com.tw

版權聲明：本著作未經公司同意，不得以任何方式重製、轉載、散佈、變更全部或部分內容。

商標聲明：本書中所提及國內外公司之產品、商標名稱、網站
畫面與圖片，其權力屬各該公司或作者所有，本書僅作介紹教
學之用，絕無侵權意圖，特此聲明。

THE HOLLYWOOD STANDARD: THE COMPLETE AND
AUTHORITATIVE GUIDE TO SCRIPT FORMAT AND STYLE
(SECOND EDITION) by CHRISTOPHER RILEY
Copyright: © 2009 BY CHRISTOPHER RILEY
This edition arranged with MICHAEL WIESE PRODUCTIONS
through BIG APPLE AGENCY, INC., LABUAN, MALAYSIA.
Traditional Chinese edition copyright:
2020 InnoFair, a division of Cite Publishing Ltd.
All rights reserved.

好萊塢劇本標準格式：華納編劇權威11堂課，如
何把好故事寫成一部成功劇本　 ／　克里斯多福.萊利
(Christopher Riley)作；林郁芳譯. -- 初版. -- 臺北市
：創意市集出版：家庭傳媒城邦分公司發行, 2020.04
　面；　公分
譯自：The Hollywood standard : the complete
and authoritative guide to script format and style
ISBN 978-957-9199-77-3（平裝）

1. 電影劇本　2. 寫作法　3. 著作權　4. 手冊

812.31026　　　　　　　　　　　　108019655